遇见大江

YU JIAN
DA JIANG

创想 THINK 主编

江苏凤凰文艺出版社
JIANGSU PHOENIX LITERATURE AND
ART PUBLISHING

THIS IS DAJIANG

山海之间，河流南岸

有广阔的平原

天上是云卷云舒

地上是良田绿地

这里是大江

(光阴)

穿过侨墟

记忆

在这里停留

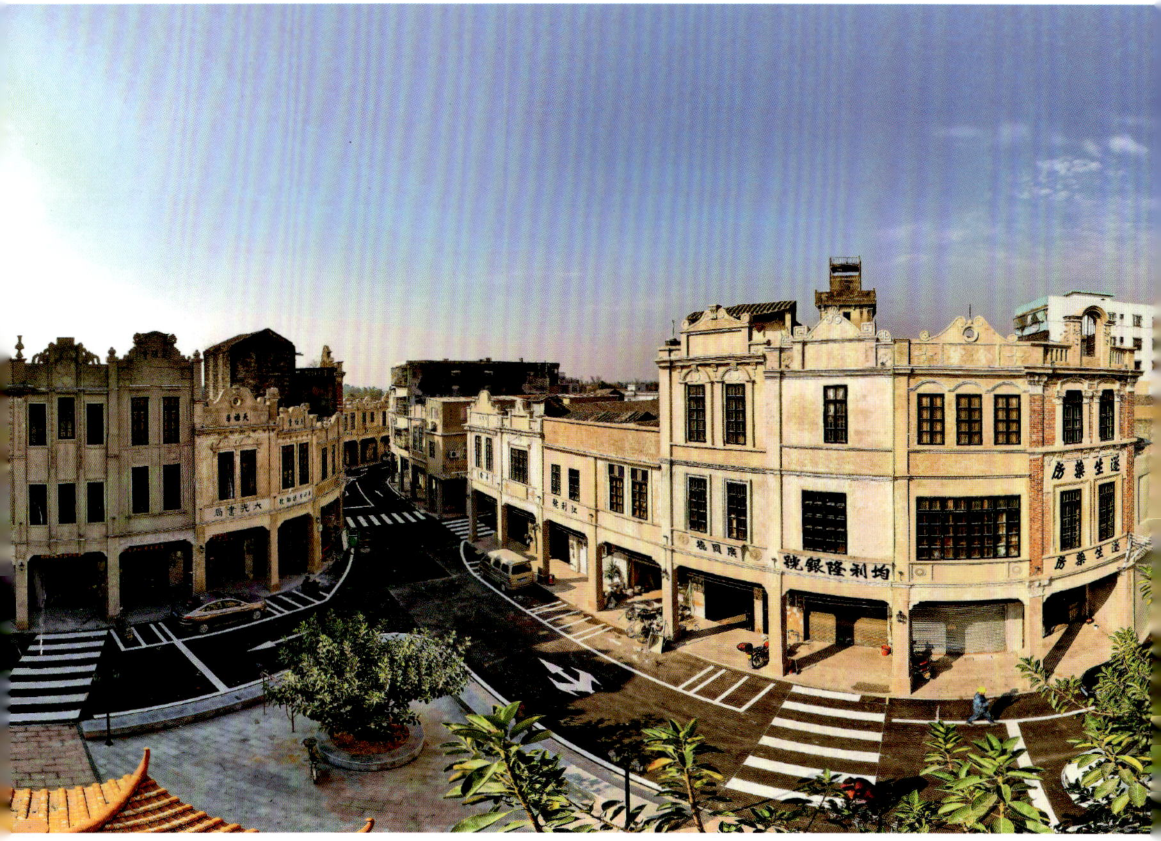
遂生藥房
均利隆銀號
遂生藥房

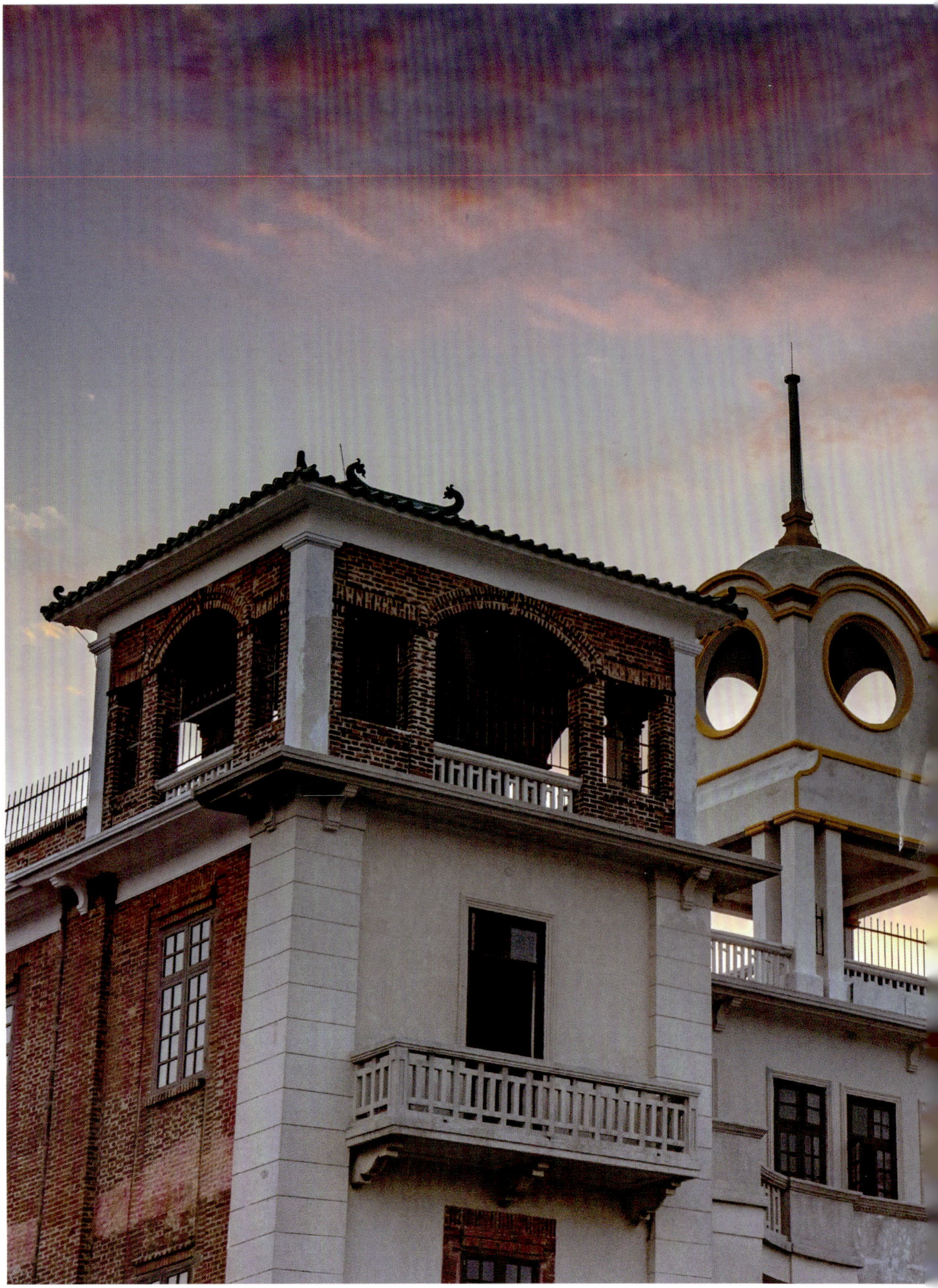

寻觅

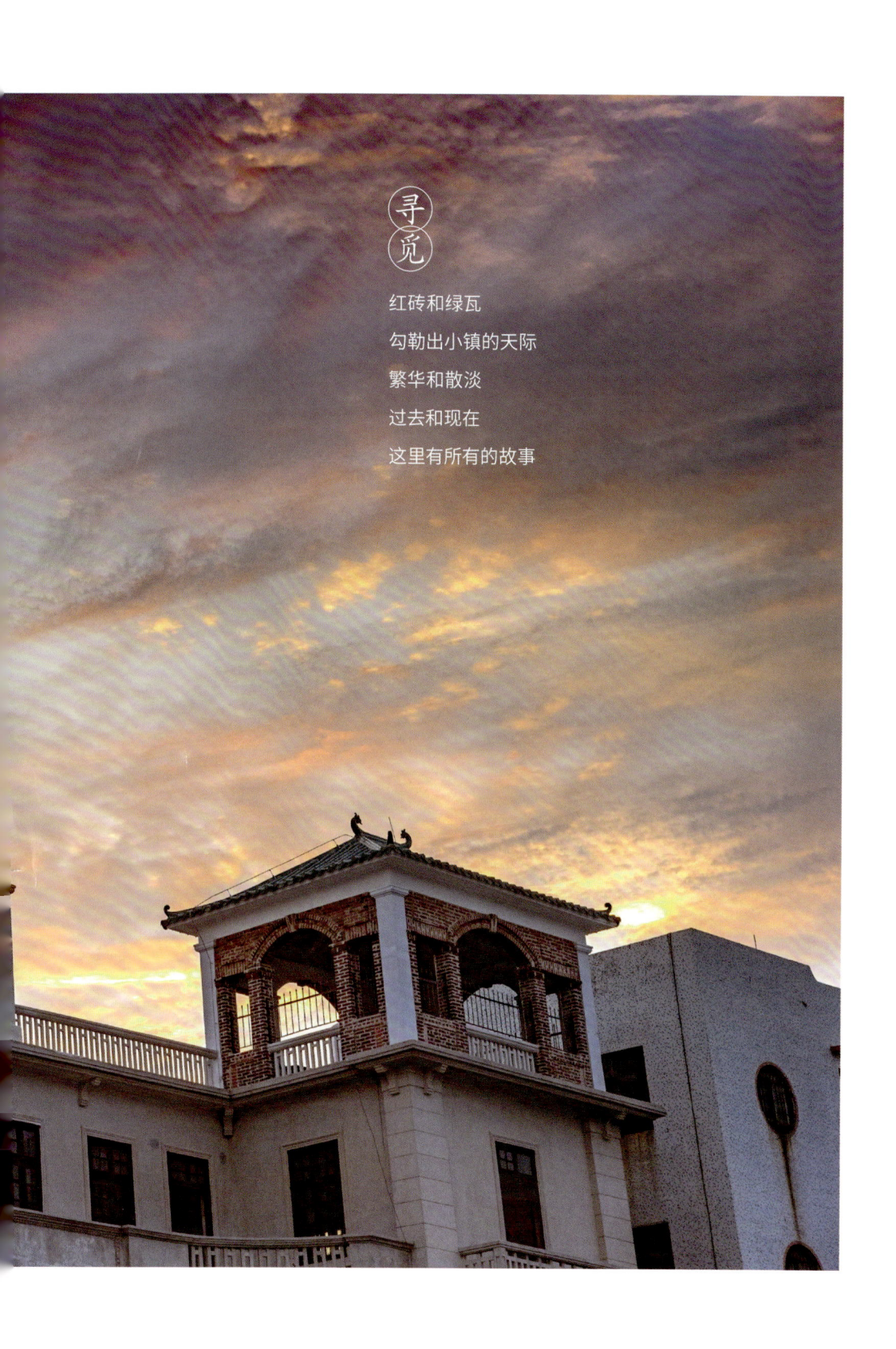

红砖和绿瓦

勾勒出小镇的天际

繁华和散淡

过去和现在

这里有所有的故事

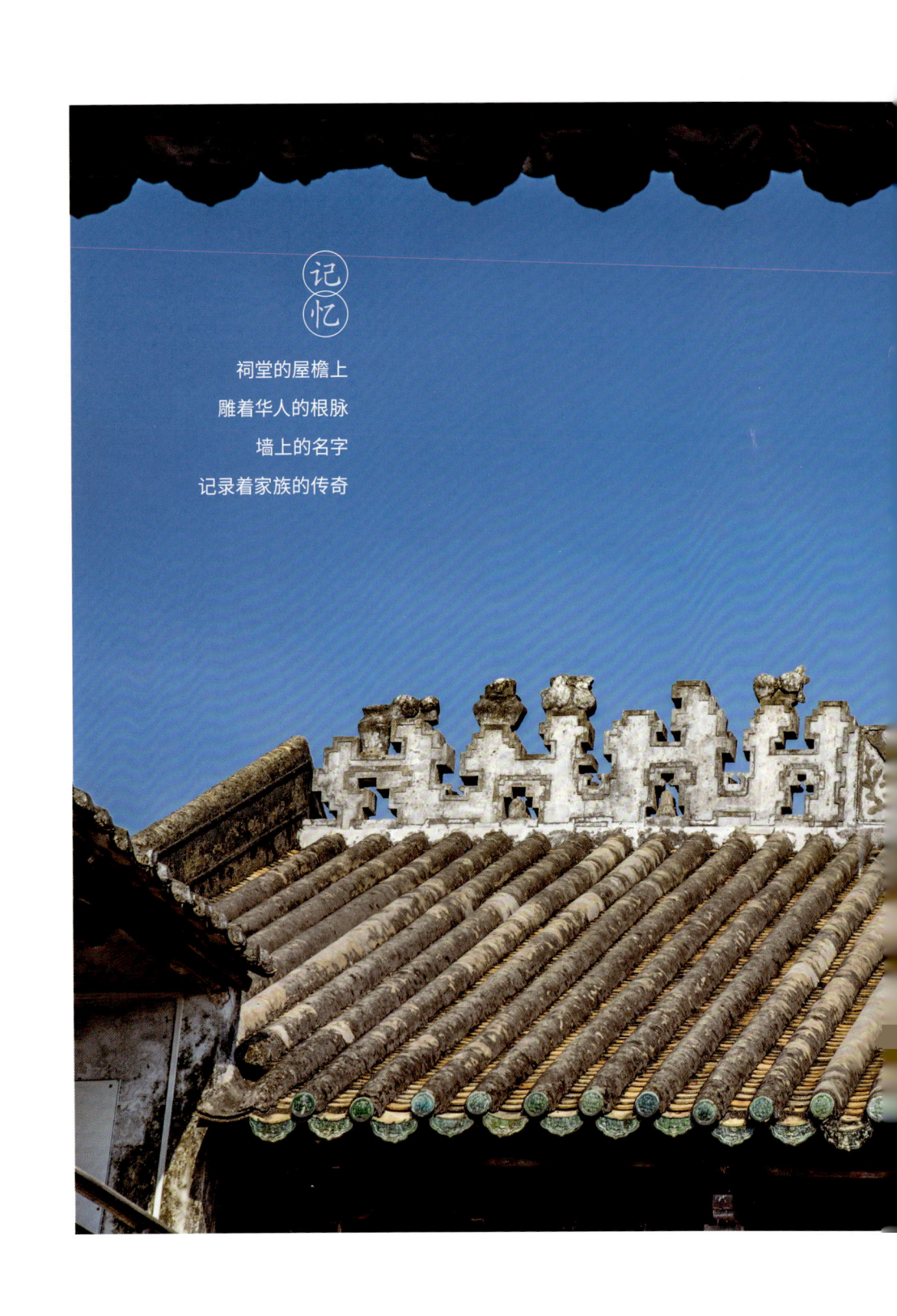

记忆

祠堂的屋檐上
雕着华人的根脉
墙上的名字
记录着家族的传奇

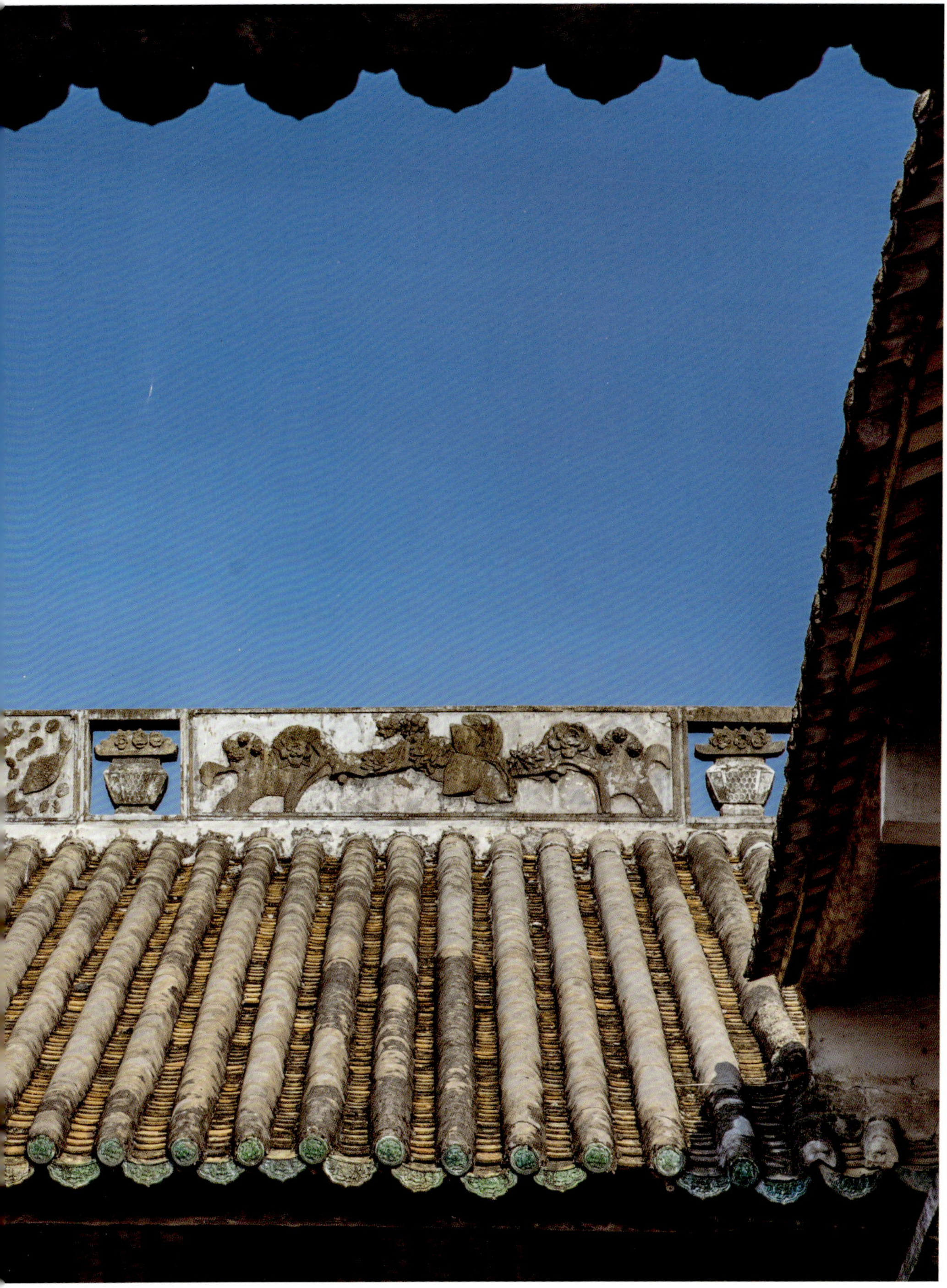

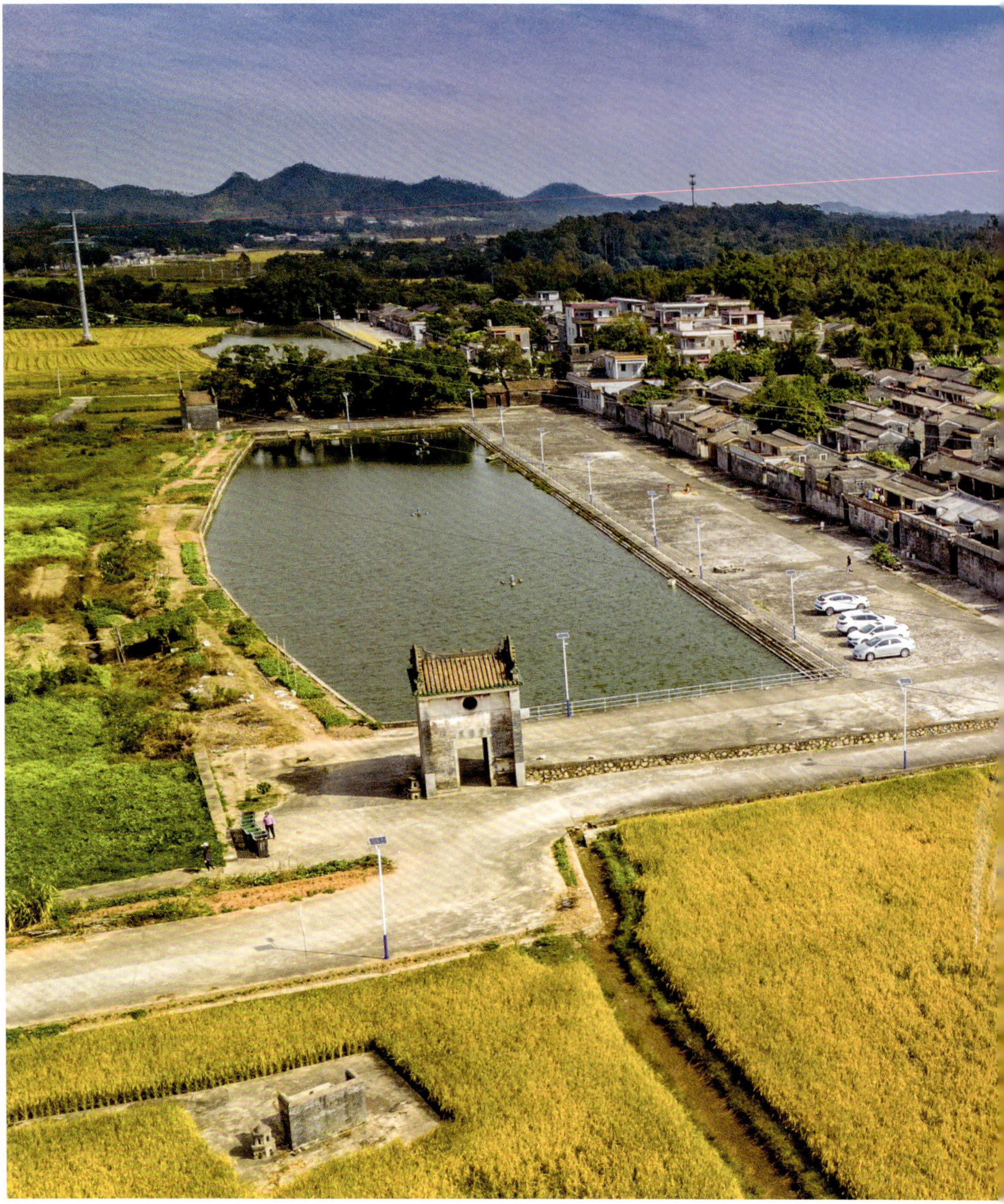

原乡

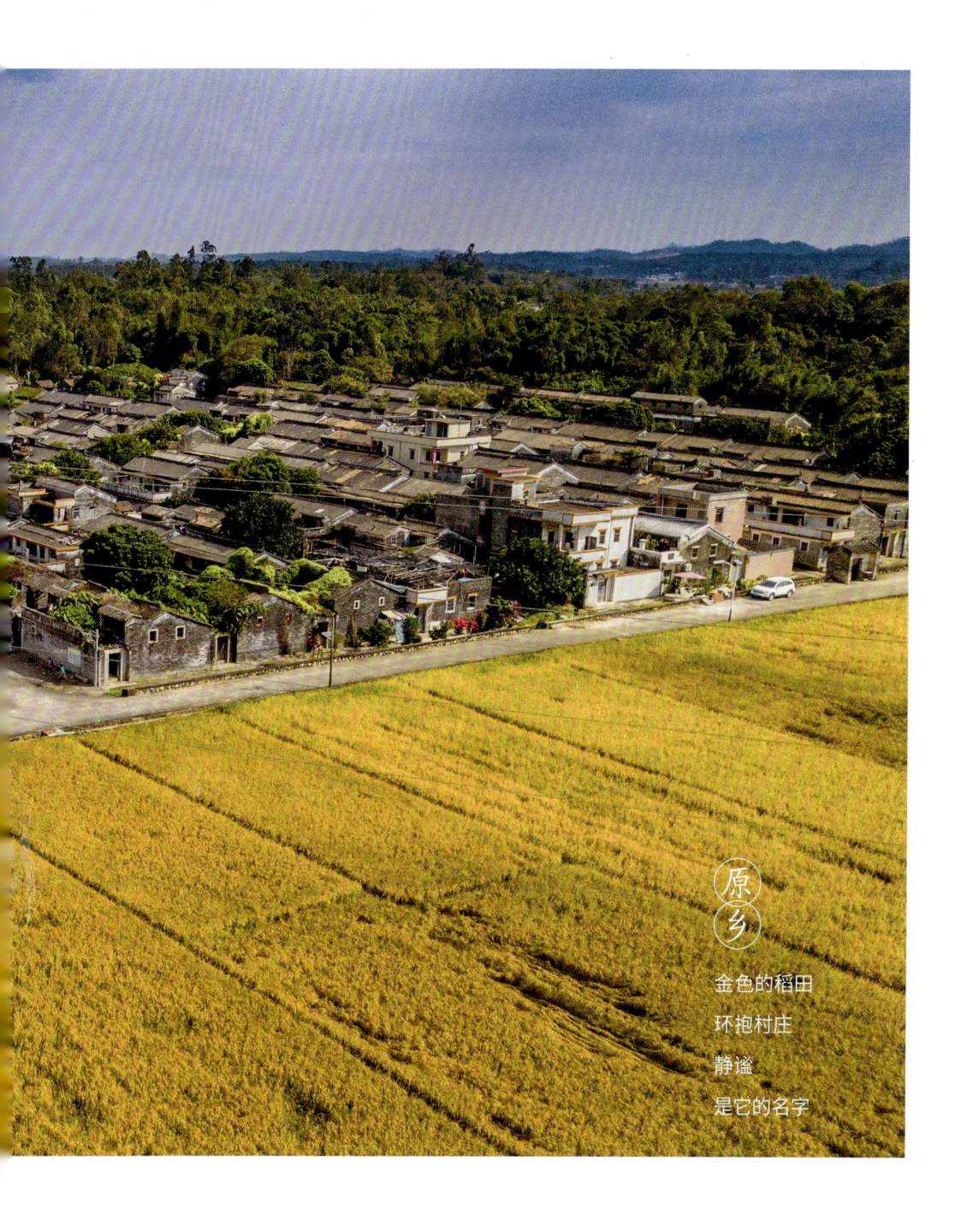

金色的稻田

环抱村庄

静谧

是它的名字

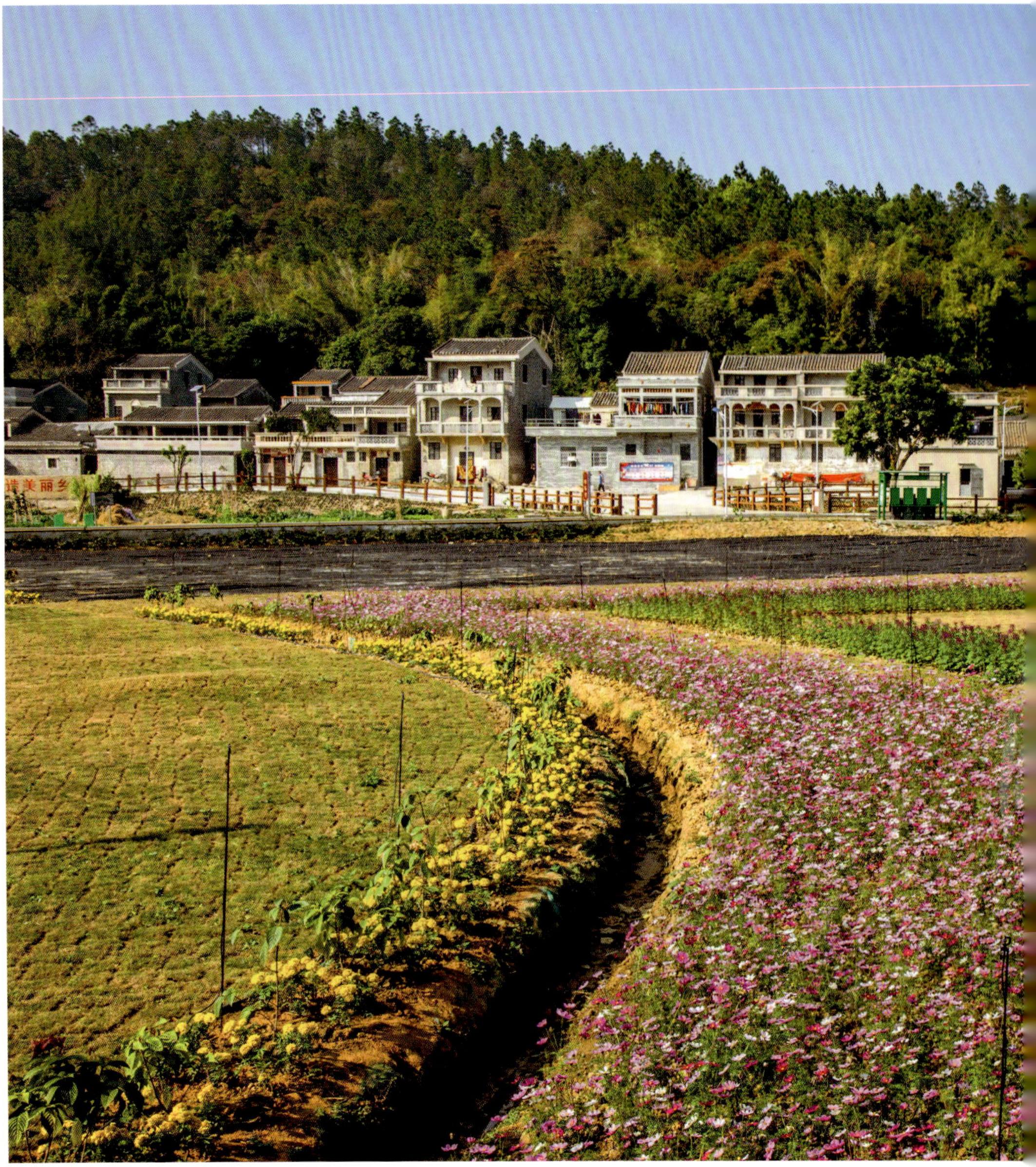

清欢

阳光遍地
花朵盛开
我只想陪你
走一走

DA JIANG

DAJIANG ARCHIVES
大江档案

69.9KM²

姓名： 广东省台山市大江镇

标签： 岭南民国风情小镇

坐标： 台山最北部，距台山中心城区13公里，东与新会罗坑镇相邻，南与水步镇接壤，西北与开平水口镇隔潭江相望

下辖： 18个行政村、3个社区

人口： 户籍人口4.7万，常住人口5.2万，旅居世界各地的乡亲8万多

语言： 普通话、台山话

交通： 新台高速、中开高速、国道240、省道高铜线直贯全镇，公益港客货运码头是国家二类港口

产业： 铝型材、五金家电、古典家具、硬木筷子、五金冲床、皮鞋、印刷包装等

物产： 斗洞茨菇、沙冲菱角、红茶等

招牌： 中国传统家具专业镇、中国华侨国际文化交流基地、江门市乡村旅游示范镇

序 这里有另一个时空

若想探访百年前岭南民国风情小镇，大江是个绝佳的选择。若想体验珠三角地区水乡的生活日常，大江也是不二之选。要是还贪念河海交汇处的河鲜海鲜以及粤西的独特美食，那就直接锁定大江吧。

来到大江，仿佛遁入另一个时空。作为著名侨乡，台山大江是中国人最早走向世界的地方之一。如果不去追溯，很难知道这个小镇有多么国际化。

百年前，新宁铁路直抵公益埠。明亮整洁的街道纵横交错，那时就已经通了电，学校、医院、银行、电厂、酒厂等等，应有尽有，来自全国乃至世界各地的商客都曾在此停留。人们聊天里有着南来北往的口音，海外回来的人则习惯夹杂英语交谈。在大江，这样的"半唐番"侨乡语言常给人细小的惊喜。

民国时归国的华侨，将海外所见的建筑形式与岭南传统民居结合，挪用到自己的家园，形成大江地区大量碉楼与骑楼的建筑遗存。在这些老房子中，依然可见旧日生活的样子：人们在村口晒场打排球，屋前挂着年桔与大蒜，阁楼里放着太爷爷寄回的金山箱，家中四处供着各种神像，对红木家具的热爱从不曾消减。

在大江找一家好饭馆是一件很容易的事。这里的黄鳝饭、河鲜、中西式点心和下午茶，都享誉岭南——大江人的胃是丰美的水土养出来的，有着脱俗的味觉品味。在海外开餐馆的大江人，也学了许多西式烹饪方法并且带了回来。传统岭南食材与西方烹饪方式碰撞交融，让大江美食大放异彩。

大江是宁静从容的栖居地，也是收纳身心的精神家园。它不拘泥，万物皆备于我，接纳融合，博采各家之长。它吸纳了众多国际元素，却始终保持着岭南水乡质朴深厚的根。

在今天，大江也成为理想生活的实验场。它曾向世界各地输送劳动力，对回来和到访的人，更是欢迎、接纳。旧墟镇、老街道、古祠堂的维护与活化，也给大江带来了新的活力。它们拥抱年轻，拥抱变化，极富感染力，期待着更多人来细读和品味。

这片独一无二的土地，焕发着勃勃生机。与大江相遇，必将演绎出动人心弦的故事。

084 我们的旧日生活
091 归来

105 第四章 一代匠心
106 匠心润方圆，方圆见匠心
115 第一爱老婆，第二爱木头

125 第五章 一地风物
126 从一粒米开始
136 茶楼一百年
142 阿娇的桃源

157 第六章 一方兴起
158 从过去看见未来
164 在下古发现乡村

目录 Contents

第一章 一江春水 001

江之南，海之北 002

那些闪亮的人 010

第二章 一世故乡 021

小墟镇，大世界 022

沿着巴金的足迹 034

越华越风华 039

大江唤醒侨墟 046

乡愁写在纸上 054

家书抵万金 060

第三章 一缕时光 069

一个家族的传奇 070

祠堂里的学校 076

赤脚打排球的人 080

一江春水
Chapter 01

第一章 ① 一江春水

一汪潭江水，映照出台山大江的悠远历史，也蕴藏着这里千年繁华的灵性脉象。宗族根脉深种，联结着大江厚积薄发的力量。新宁铁路的汽笛，拉响了这片土地现代化的先声。

江之南，海之北

天华毓秀，地灵人杰。台山大江，是一方由水浸润过的土地。

数万年来，包括潭江在内的珠江水系匍匐在中国南方的大地上，点滴泥土历经岁月的冲积、沉淀，最终形成了今天广袤的珠三角。

大江，位于这块福地的西部，地处台山的北端。潭江沿大江抚城而过，蜿蜒流向浩渺的南海汪洋。江南海北，河网密布，水乡文明浸染出它温婉而坚韧的气韵。

潭江中的文明密码

文明，并非对自然一味地索取。大江先民们披荆斩棘，辛劳耕耘，最终在潭江南岸形成了古老而绿色的农业生态文明，带来了物产的丰收，奠定了大江兴盛的根基。人们在潭江南岸繁衍生息，不仅找到了安身立命的生存空间，而且构筑了秀美的家园。

农业的繁荣必然带来物产的流通和交换，大江的墟市开始兴盛起来，形成早期的农业城镇。开拓进取的人文精神与融汇包容的地脉文化，在古镇大江绽放出奇光异彩。

古朴典雅的广作红木家具，展示出大江强大的手工业传统。从悠久历史传承至今的红木家具制作，记载着大江匠人们精益求精的不懈追求。目前，除了传统家具，大江的铝材、五金、木筷等制造业在行业内独树一帜，风行海内外。

江海相连，让大江成为交通枢纽要冲。凭借潭江水运，大江的视野绵延向更加广阔的空间。宋代以来，台山成为海上丝绸之路远渡重洋的起点。大江向

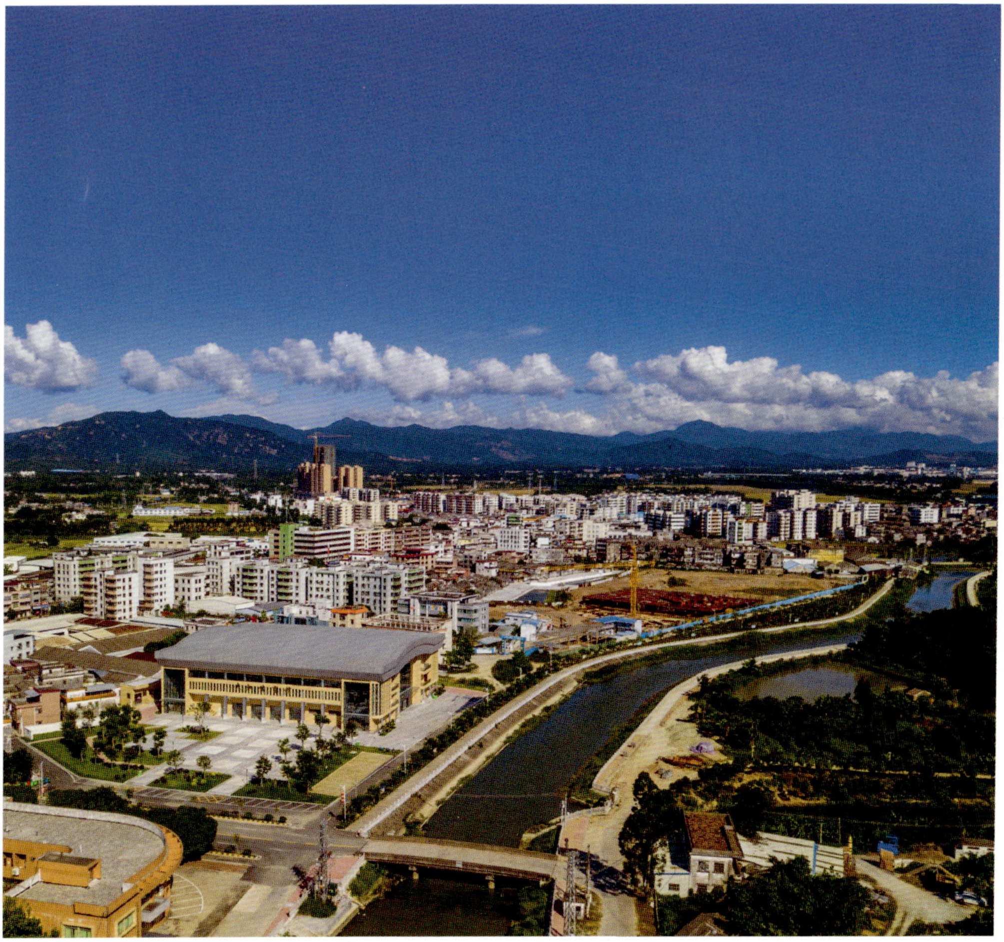

一江春水
Chapter 01

北连接新会、广州，向南通向广海，是进行远洋贸易的重要通道。作为交通重镇，大江商业繁华，水路通道交织，古老埠头密布，轻抚岁月波澜，静看世事沧桑。

近代以来，大江厚积的历史潜能喷涌而出，三角市、新市、陈边墟等旧墟从传统农业村镇向近代市镇迈进。含有"公共得益"之意的公益埠兴建商铺、教堂、学校、医院等现代公共设施，新宁铁路更是在此设立站点，中西合璧的城市风情让这里留下了"纽约街""小广州"的美誉。

今天，公益港依然发挥着通达四方的重要功用，是集客货运输的国家二类港口。往来的贸易船只从历史长河的源头，沿着古老的航线，向今天驶来。

根深叶茂

根脉深处，联结着大江最为深厚的力量。

南宋的珠玑巷，是珠三角地区历史与文化永远绕不开的时空坐标。两宋时期，岭南获得了长足的开发，尤其是华夏诸族南迁，由此，当地人"纪元必曰咸淳年，述故乡必曰珠玑巷"，形成了绵延至今的宗族文化。

大江在珠玑巷人南迁的背景下，迎来了全新的发展时期。宗族在传统农业社会中对微弱的个人形成了有力保护，不断地开枝散叶。先进的技术和众多的人口，给大江带来了繁荣。

时至今日，大江依然保留了浓郁的宗族文化，伍氏、雷氏、蔡氏、李氏、陈氏等家族传承数百年，其中斗洞伍氏更是岭南伍氏的起源之一。宗族传统让当地人对家族生发出天然的亲切感、认同感，也让漂流在外的大江人保留了刻骨铭心的故土情怀。大江外地乡亲、宗亲、华侨从来没有忘记自己的故乡，他们反哺家乡建设，帮助孤苦，修建学校、医院和交通等公共设施，为故乡建设做出了巨大的贡献。

历史上，大江宗族间和睦共处，对家族的依恋和关爱升华为朴素的家国情怀。无数大江子孙把心中的赤子深情，默默转化为对祖国故土的奉献，在中国近代发展史上书写了浓墨重彩的一笔。

今天，宗族承担基础社会结构的功用已经不复存在，但依然维系着人们心灵深处最牢固的情感。每年不同家族组织大型祭祖活动，海内外大江儿女都会回到故土大地，在这里缅怀先祖、追寻根脉。

因为这强大的根脉，走得再远，他们也能找到回家的路。

"这条河通到美国"

潭江源远流长，灵动的气质也浸润在水乡生民的灵魂深处。

从不因循守旧、得地利之便的大江先民，自古以来就有泛舟出海的传统。不少先侨下南洋、闯江湖，在陌生遥远的域外寻求生计。

19世纪40年代至60年代，美国、澳洲等地发现大量金矿，开启了近代台山移民海外的第一次浪潮。在淘金热之前，祖籍大江的雷亚妹已经辗转来到澳洲谋生。他同当地台山华侨一起，将挖掘金矿的消息带回家乡，一时间大江乡民作为"金山伯"纷纷前往海外淘金。

到19世纪60年代至80年代，美国修建横跨整个北美大陆的太平洋铁路，不少大江人又加入到劳工队伍中，为这一被誉为"世界七大工业奇迹之一"的人类文明付出了鲜血和汗水。

大江水楼村的李氏先侨几代人前赴后继，在铁路修筑过程中辛苦劳作，不断吸纳族人、乡人加入。李氏不少族人后来在美定居，从修筑铁路开始到经营货物、创业经商，成为当地名流。先辈们修筑铁路的事迹得到美国政府的肯定，李氏族人被列入当地劳工部"名人堂"。这是一个家族在海外的生存奋斗史，亦反映了大江先侨经历艰辛，追求美好生活的勇气。

大江的华侨们从来没有忘记自己的故乡。不论是在外淘得金山、事业有成，还是默默用辛劳换回赖以生存的资本，他们都将毕生的心血回馈故土。正是因为华侨的投资、捐赠、返乡建设，大江开始了如火如荼的近代化城镇建设。

今天，旅居海外、境外的大江华人华侨比当地居民还要多，他们始终心系祖国、反哺故土，在另外一个时空中创造了更加宽广的大江版图。

一江春水
Chapter 01

遇见大江 | 009

那些闪亮的人

无法忘怀,在大江的历史时空中那些闪耀着的明星。

受这片土地的滋养,大江孕育的优秀儿女们用自己的勤奋和智慧,创造了属于自己的历史。不仅历经了光彩的人生,而且,选择了为大多数人的幸福而奋斗。

"爱国心为重,怀乡脑莫忘"

19世纪50年代,澳国维多利亚州发现了金矿。这是一个能让人迅速致富的消息。当时一位澳大利亚华工却没有"独吞"这个内幕,而是立即给同乡写信,帮助乡人结队赴澳,共同参与到淘金的队伍中。

这位"有钱大家一起赚"的华工就是大江华侨雷亚妹。他是澳大利亚的华侨先驱,以契约华工身份被卖到当地。

在他的影响下,大江很多乡民到墨尔本做矿工,赚得第一桶金,并在当地逐渐形成颇具规模的华侨群体。雷亚妹后来获得自由身份,在墨尔本经营碾米、运输、黄金、茶叶等生意,获得巨大成功,成为著名的华侨富商。

当时国人外出谋生的途径还不完善,华工遭受了非人的待遇。人生逆袭后的雷亚妹更加致力于华侨的团结。他参与组织洪门致公堂,于1854年创立了四邑会馆,抱团反对种族歧视,维护华人的在澳权益。

团结一心,是包括大江在内的四邑华侨在艰难处境中扎根异域的根本。无数先侨在朴素乡情的召唤下走到了一起,凝聚起强大的力量。

尽管在外创业维艰,但是,大江华侨始终保持着感恩之心,热心社会公益。

"人生贵自立,奋发务图强。爱国心为重,怀乡脑莫忘。凡诸公益事,量力及时行。乐善传家宝，坚持永芬芳。"这是生于大江镇山前肯堂村伍时畅树立的家训。

伍时畅早年在秘鲁谋生，后成为香港实业家、慈善家，以自强、爱国、怀乡、为善为毕生追求。他捐助香港大学教育，创办宗亲学校，同时在家乡修道路、筑埠头、办戒烟毒所，资助鳏寡孤独。他去世后，子孙仍然以他的名字成立公益基金会造福社会。

祖籍大江河木华安村的雷谦光同样是澳大利亚华人领袖，他一直关心、支持祖国建设，每逢国家灾难，他都带头捐资，发动侨胞募款救助。

出生于大江里坳巷美村的刘儒伶20世纪初在美国经营罐头厂，后来生意败落，穷困潦倒。他乐善好施，1906年旧金山发生地震，他赈济灾民，甚至命人专门烹煮广东口味的中国饭菜给灾民食用。

同为大江里坳的刘崇溪1891年赴美，前后在国外50余年，不仅在当地捐助医院、学校等，还救济国内水灾、红十字会、岭南大学、培正中学等。

……

大江华侨，以坚韧的毅力塑造了奋斗的人生，更把高贵的品质镌刻在华侨史上。他们历经的磨难、辛酸、成功、喜悦以及奉献，永远值得后世子孙瞻仰。

航空英雄

台山是有名的航空之乡。这块永恒的丰碑，是无数台山儿女用对国家的挚爱深情和无畏牺牲筑就的。抗战时期，中国极度缺乏航空人才，不少台山华侨在国外航校受训，回国报效故土，上阵杀敌。他们之中就有来自大江的英雄。

1931年，九一八事变爆发，华夏国土沦丧的消息传来，对远在万里之外、身在美国俄勒冈波特兰市的一位女子产生了极大的震动。

李月英，大江水楼华侨，时年仅18岁，在当地一家公司工作。在救国思想的激励下，她毅然报考了波特兰美洲华侨航校，成为当时该校仅有的2名女性学员。

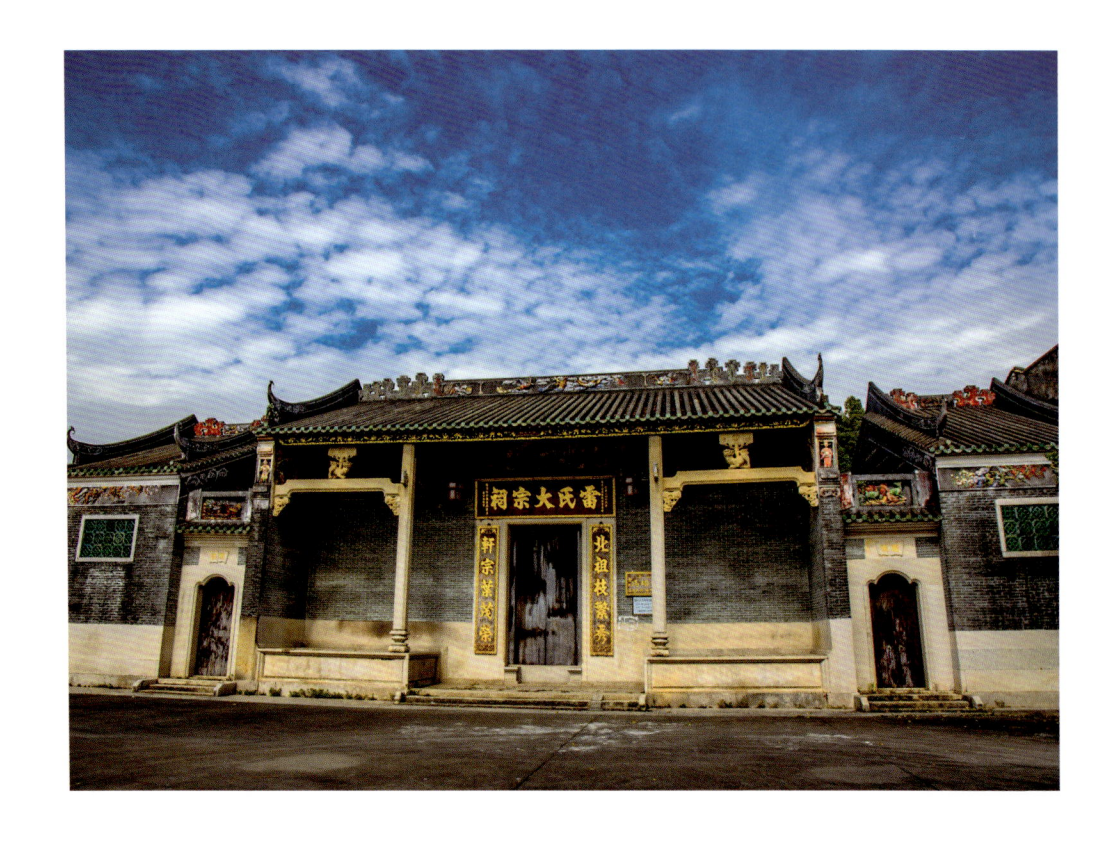

毕业后李月英回到当时的首都南京，原本要投效空军，但彼时中国空军并不招收女性。1937年，李月英在国内从事地勤文员工作，4年后又返回美国。

太平洋战争爆发后，她以优异的驾驶成绩被美军破格录取，加入到世界上第一支妇女飞行队中，成为美军首位华人女飞行员。她担任运输机飞行员，同自己的女性战友一起，在二战中为盟军运送了5000多架战斗机。

1944年11月14日，在一次执行任务中，李月英驾驶的飞机刚起飞，却被另外一架练习机不幸撞击起火。这位火一样热情的大江女子最终葬身火场。

与李月英同岁，同样是大江华侨，同样出生在波特兰的陈瑞钿，比李月英早一期报考华侨航校，毕业后他回国加入了民国政府广东空军。

1937年8月14日，陈瑞钿所属的第三大队十七队对战号称王牌的日本木更津轰炸机队，他与战友们协作击落敌机6架，我方无一伤亡，创造了辉煌战绩。淞沪空战，包括陈瑞钿在内的中国航空将士英勇奋战，取得了胜利。

后，陈瑞钿又在太原、韶关、武汉等地空战中多次击落敌机。1939年12月27日，在南宁昆仑关空战中，陈瑞钿的战机不幸被敌机击中起火。他带火跳伞，全身大面积烧伤，治疗后面部扭曲变形。1945年初，他伤愈后返回祖国，在驼峰航线执行空运任务，继续为抗日贡献力量。

不少大江儿女身在域外，却与祖国的命运同起伏。在民族危亡时刻，他们同样将一腔热血洒在了故土大地上。

为了大多数

从大江走出去的不仅有爱国华侨、抗战英雄，还有经世济民的专家学者。其中，雷洁琼是他们之中最知名的代表。

雷洁琼祖籍大江河木锦龙村，她的祖父曾经是赴美契约华工，从事开采金矿的艰辛劳作，后来才经商成功。父亲考取了清朝举人，民国后成为一名律师兼杂志社主编。

尽管生于富贵之家，但受家风影响，幼年的雷洁琼非常关注社会穷苦乡民的命运。有一次，她跟随父亲到码头，看见许多面黄肌瘦、愁容满面的苦力，就问父亲："为什么有钱人吃得好，穿得暖，而他们却这样穷苦？"她还同父亲一起到乡民中宣传"猪仔"贸易的罪恶，劝导他们不要上当受骗。

1924年，雷洁琼赴美留学，先后在加利福尼亚大学、斯坦福大学、南加州大学求学，并于1933年获得社会学硕士学位。选择社会学专业，不仅因为她从

一江春水
Chapter 01

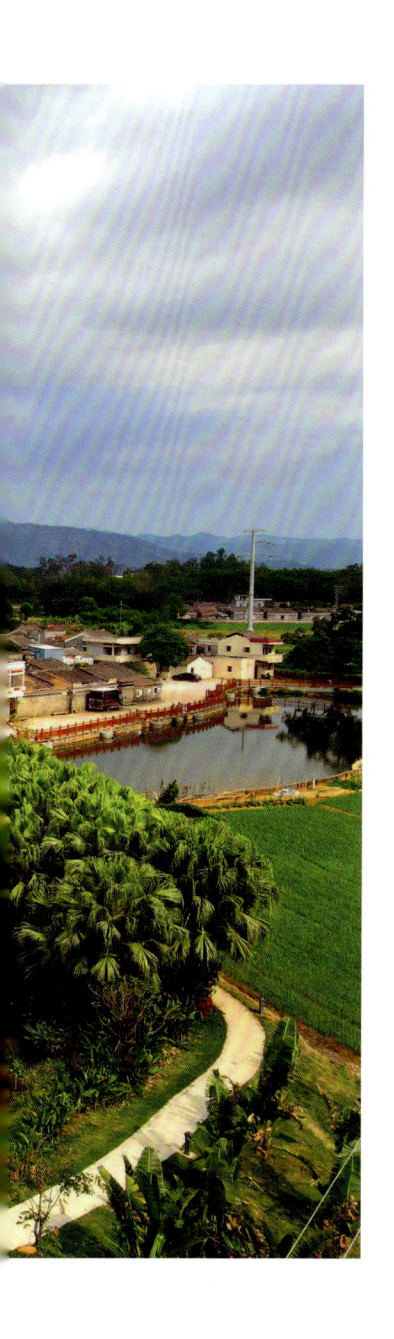

小就关注社会问题，更在于她想从社会学中找到解决中国社会弊病的方法，找到医治破碎山河的良方。

回国后，雷洁琼在大学执教。作为知名学者，她著述颇丰，出版《美国华侨的第二代》《中国家庭问题研究讨论》《妇女问题讲座》等著作。她的学问并非只在书斋之中。她深入底层调研妇女儿童问题，尤其关切中国家庭、婚姻、妇女等问题，为他们的权益奔走呼号，贡献了一名务实学者的智慧。七七事变后，雷洁琼一度辞去教职，投身战地服务工作，组织妇女群体支援抗战，创办保育院救助战争难童。

中华人民共和国成立后，雷洁琼为中国社会学教育培养了大批人才，并积极从事《婚姻法》《义务教育法》《教师法》等律法的制定。

出生于大江镇新大江村委会龙安村的雷炳林，是中国知名的纺织工程学家。他早年进入宾夕法尼亚州费城纺织学校学习，1910年学成后回国担任染织技师。1916年，他被"状元实业家"张謇聘任为南通纺织专业学校教授。他发明的纺织装置和机构获得海内外专利，上海《申报》评论："雷氏大牵伸的发明，一雪外国人讥笑中国人只能使用机器而不能发明机器之辱。"

他们代表着人类文明的精华，带着大江给予的烙印，演绎出华丽的人生，为中国，为世界奉献出光彩照人的大江智慧。

TRAVEL TIPS
游玩知多点

苏渡亭

  苏渡亭位于公益埠东1公里。相传宋代大诗人、政治家苏轼得罪权贵，皇上听信馋言，将其贬至岭南。潦倒之际，苏轼在潭江边摆渡，后被仙姑点化。他逆境不失志，兴水利、事农桑、除贪吏，深受乡民爱戴。皇上闻讯，将其召回，官复原职。后人为纪念苏轼之功绩，在其摆渡之处建起一亭，名曰苏渡亭，以予纪念。此亭历经沧桑，仍屹立不倒。

地址：台山市大江镇县道539麦巷路（达乐木业对面）
游览时间：建议白天，夜晚较危险
交通：宜自驾或租车游览

三仙寺

位于大巷与石桥交界山岭中，距渡头圩约3公里。此处山峦起伏，林木苍葱，山涧小溪，流水潺潺，一派人间仙境。传说天上三仙娘娘为点化宋代大诗人苏轼，化身村姑，居住于此。乡人闻之，建起璜宇，以纪念三仙娘娘。自此，香火鼎盛，朝拜者络绎不绝。中华人民共和国成立初期，寺院已被拆，今只留存些许寺墙。

贴士：三仙寺遗址已荒多年，探访颇有难度，须慎重前往
地址：大江镇大巷村笔架山中
游览时间：建议白天，夜晚较危险
交通：自驾或租车游览

雷公岭

　　雷公岭属古兜山系，南起水步茅莲，北止新会天湖，延绵4公里，面积2平方千米，主峰海拔349米。传说很久以前，南粤一带都是汪洋大海，仅雷公岭山巅露出水面，成了渔翁栖身之地，故又名"渔公岭"。雷公岭群峰拥绿，山花吐艳，鸟鸣幽林，四季如画。"撞水壁"从岭巅直泻而下，阳光照射下银光闪烁。山脚下的坪迳水库蓄水量500万立方米，尤如山峡出平湖，水天一色。走入雷公岭，山青青，水悠悠，如入画中，令人心旷神怡。

地址：位于大江圩东7公里处
游览时间：建议白天，夜晚较危险
交通：自驾或租车游览

米升石

　　位于雷公岭主峰左侧，是一块近似长方体的巨石，石高5米，长宽各约2.5米，重约150吨。远看，巨石形似乡人用来量米的"米升"，故称"米升石"。相传很久以前，渔公岭（雷公岭）有一对渔翁父子栖身。有一年，一连数十天狂风大作，父子二人无法出海捕鱼，饥饿难耐，四处寻找食物，忽见米升石下有一仅容一人侧身而过的石罅，罅中有一小孔，有白米溢出，可够父子饱食。自此，贪心的父子不思捕鱼，只想卖米换钱。他们以为，孔大则溢米多，即拿铁棍，猛凿罅孔。不料碎石填孔，再不溢米。如今查看石罅，孔痕尤在。

> 贴士：车辆只能驶到山脚，步行进山约1小时，全程均为原始泥路，不建议自行上山
> 地址：位于雷公岭半山腰
> 游览时间：建议白天，夜晚较危险
> 交通：自驾或租车游览

一世故乡
Chapter 02

第二章 一世故乡

02

　　身处海上丝绸之路的出海口，大江人胸怀世界，早早奔赴海洋。百年前他们带着家族寄托踏上征程，开拓美洲，赚回"金山"。华侨身在异乡，却心系故乡，每一条路都是归乡路。

小墟镇，大世界

若是走在一百年前的公益埠，你可能会遇见这样的景象：

规整而明亮的街道按"無"字的形状纵横设计而成。小河穿城而过，流入潭江，留下四座跨河石桥。此时的公益埠已经通了电，街道设计与居民生活中闪现着点滴现代文明之光。新式教育的学校、医院和街面上各类商店、银号、丝绸店、电灯厂、停车场、码头、酒厂、餐馆、旅店……应有尽有，常年热闹非凡。除了居住在当地的人，还有经商的，来此打工的，全国各地的人都在这里停留。

路通财通的道理，公益人早已谙熟于心。陈宜禧的话最具代表性："职商旅居美洲四十余年，窃见欧美列邦，铁路纵横如织，轨若布网之蛛，车如衔尾之鹊，故其商业日盛，国势日强。职商有感于斯，眷怀祖国，深知铁路之权利至溥，转输交通最便。是以倡议集资办路……"新宁铁路的修建，让大江公路运输、航运都呈现出飞跃发展的势头。此时的公益埠，既是新宁铁路的重要站点，也是航运、路运的交会处。到20世纪20年代后，在这里大概率还能看到不少克加路或菲猎牌的自行车，或者乡人称为"撞死狗"的摩托车。有趣的是，motocycle被音译为台山话"差古"。

街面上的人也是一道风景。当年孙中山倡导服饰改革，台山侨乡反应热烈，率先进行了革新。在公益埠，你可以看到穿长衫的文士与穿西装打领带的绅士正在交谈；穿着宽阔长筒裤、对胸衫的劳动者正在为人们服务；宽袍大袖和穿旗袍的女士，正和从国外回来、穿着西式裙装的女士吃下午茶。更为时髦的一群人，还烫着一头"卷心菜"式的头发，穿夏威夷西裤、纱笼裙和印花衫裤，引领着公益埠的时尚潮流。

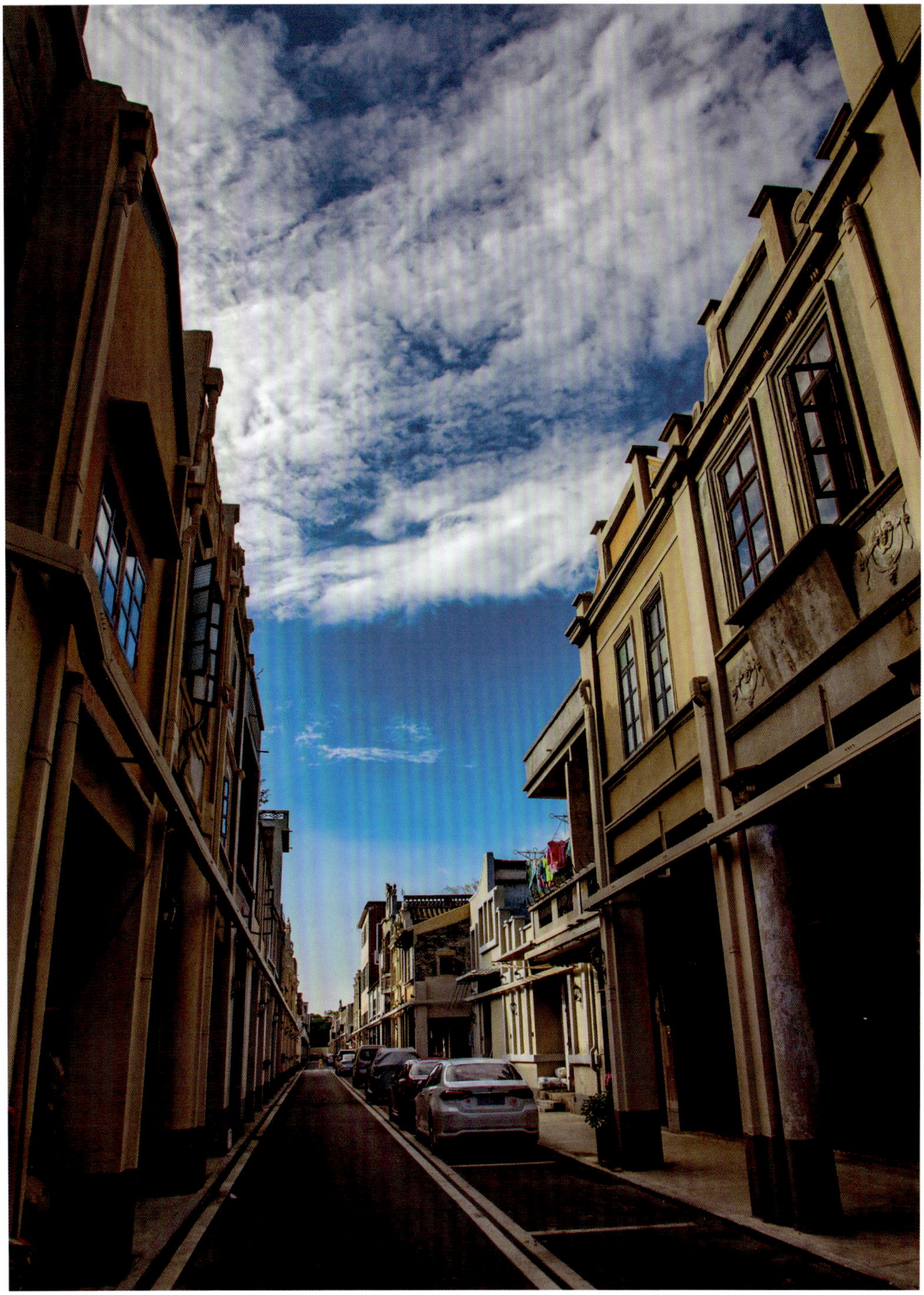

一世故乡
Chapter 02

遇见大江 | 025

大家聊天里也夹杂着南来北往各式各样的乡音，大江人见怪不怪了。有些从国外回来的人，习惯了英语言谈，回到家乡有意无意地使用。乡人以为时髦，也跟着学，形成了具有台山特色的外来词汇。比如，"骨"，指的是good（好）；"伟里骨"指的是very good（很好）；"士担"说的是stamp（邮票）……久而久之，这些台山英语融入日常生活，造成了"半唐番"的侨乡语言。

与此同时，一些老板把国外的经营方式、糕点制法带回家乡。人们喝着咖啡谈生意，吃的是蛋挞、餐包和煎面包，面包上用餐刀抹上黄油和果酱。从海外传来的金山橙、菠萝、洋白菜、番茄等果蔬，也极大丰富了大江人的饮食生活。人们在冰店里吃冷饮、喝奶茶，晚餐则可能选择牛扒、猪扒和沙拉。

很难想象，这样一派繁华景象，不是在上海和广州，而是发生在百年前一个珠西小镇上。

百年前的现代微型城市

1904年，正当新宁铁路紧张筹划的时候，新宁县斗洞堡沙冲村（现台山市大江镇沙冲村委会）归侨伍于政联络附近乡绅成立埠董局，计划在潭江边建一新埠。当时，他们议定埠名为"宁海埠"，建在滘口，但因有人反对，改在现址建埠，定名"公益"，意为"公共得益"。

公益埠在1906年立埠，得益于新宁铁路公司在此建分局大楼、机械厂、电灯厂、停车场和码头等，吸引了大批华侨和富商落户。商人们看中水陆交通的便利和临近新宁铁路的优势，纷纷在这里投资。

从1906年建成中华酒店开始，到1908年的3年时间，公益埠就从潭江边的河滩变成了大埠，有130多栋楼房，大多是侨房。全盛时期，公益埠有3万多人口，是台山当时第二大墟镇。它不仅是新宁铁路的后勤基地，还成为台山北部对外交通的门户。

公益埠建埠时有着严格而完整的规划，全埠形状也确如繁体"無"字。东西方向5条街长560米,端头都是一座石拱桥。南北方向5条街道长300米,北边是临潭江的码头。10条街道按"井"字形交织在一起,刚好是一个方块,中心区域0.0168平方千米。

设计者对小城的每条街道用途都做了规定。比如说,南华街是高级住宅街,两旁都是带花园的小别墅,在当时是一条富人街。而中兴街是商业街,银行、商店和当铺大多集中于此,人们也管它叫金融街,谁家要收银信,也是来中兴街办理业务。苏杭街正如其名,是一条主要经营丝绸和中国纺织品的街道,许多供货商来自江浙地区。还有一条有名的街道是上海街,酒楼和娱乐场馆特别多。

在规划里,还留出了公园、学校、医院等城市功能的配套建筑,就连下水道都是预先建好的,一些商户已经通了电话。凡此种种,说公益埠是一座现代微型城市,毫不夸张。

除了城市建设,公益埠所带来的近代先进城市管理方式也令人称奇。当时公益埠的建设者们成立了公益埠务所,主要负责购地、规划、招商、管理等工作。这套先进的管理模式在20世纪初期通过华侨的传播进入台山乡村,为台山墟市建设提供了宝贵的经验。

骑楼前世

如今，公益埠继续使用的公共建筑还有两栋，一是胥山纪念堂，二是礼拜堂。胥山纪念堂暂且不说，这个礼拜堂依然是当地基督教徒常去之地。礼拜堂于民国二十一年（1932）由旅美信徒捐资兴建，风格为仿哥特式建筑，双尖顶砖石结构，红砖外墙，中正顶端有十字架。礼拜堂有两层楼，一楼是神父们的办公室和接待室，二楼则是教堂。在整个公益埠，这两栋红色建筑，在一片青灰中格外显眼。

公益埠起步较早，在20世纪初就成行成市。有学者认为，真正被誉为"小广州"的地方其实就是公益埠，曾一度超过台城。台山博物馆前馆长蔡和添说："从时间上来说，公益埠是台山最早的洋楼群代表，也是台山洋楼早期的典范之作。从整体建筑布局来说，其规划合理，设计先进，到百年后的今天都不落后。"

公益埠楼群数量庞大，街道古风相对保存完整。而从单栋建筑来说，公益埠兼具了传统中式与西欧风格，很多洋楼都具有岭南特色民居的风格，这是早期洋楼的最大特点。

公益埠里的骑楼建筑群，由中国传统檐廊式建筑与西方敞廊式建筑相互融合演变而成。这些有着铁闸门、飘出的阳台、雕花的山墙及窗拱，装饰着希腊、罗马等异域建筑元素的骑楼，在侨乡建筑中极具代表性。坚固、高大、装饰华丽，适合岭南的气候特点，也让当地人非常喜爱。

遇见大江 | 029

公益埠的骑楼连成一片，临街楼房一般是23米长，5米深，临街有约2.5米宽，门口有让行人遮阳避雨的廊道。而进入骑楼内部，底层多为铺面，后面和楼上则多为生活用房。

当年的公益埠，有专门从事西洋样式建造的泥水匠。这些工匠通过模仿、观察和学习，在细部做法或者装饰题材上将传统纹样和西式纹样结合，比如常见的瓜果、文房四宝图案夹杂着西式纹样，让建筑外观立面接近甲方要求的异域风格。在一些学者看来，这样的中西融合是无意识的混和和演变，满足了当时侨乡社会的要求，也是对传统民居现代化变革迈出的一大步。

古埠今生

百年来，公益古埠很多骑楼的墙身都逐渐斑驳，屋顶野草飘摇。站在如今的"小纽约"街头，放眼望去，这个古风依旧的墟街，依然聚集着人气。主要街道的洋楼里，丝绸铺、当铺早已消失，但这些店铺经过旧改，摇身一变，充满着新的吸引力。

自乡村振兴战略实施以来，公益古埠直接"美"上了各大媒体，富含侨韵风情与民国特色的独特街区空间吸引了大量游客。在修旧如旧的重修原则下，经过建筑改造、交通优化、环境升级和优化、完善公共设施等措施，公益古埠已成为综合性的公共旅游空间。

修缮后的苏杭街在保有骑楼街特色的基础上，还保留着旧时的历史墙面字迹。在苏杭街130号，人们还可以找到一位居住在这里近60年的制船老匠人。公益古埠作为台山昔日的华侨商埠，如今依旧具备优越的交通优势，临近港口，水路交通尤其发达，制船等产业也得以生存和发展。

改造后的中兴街街道两侧可以看到许多银号的招牌，如宝昌隆、钜昌隆银号等。在诸多银号之间，矗立着一家古风犹存的小卖部，名为"公益货栈"。据女主人介绍，该货栈已经营业近30年，老公益人都知道它。在飞速发展的城镇中，在小乡镇一隅驻足的地道小卖部，能瞬间通向旧日的淳朴与宁静。

位于公益古埠南北中轴线的中环街上，仁泰酒庄修复后，一改颓败之气，展示自身独特的侨乡建筑魅力，诉说着这座小镇的历史故事。

沿上海街两侧分布着河鲜餐馆、煲仔粥、小食店等餐饮店，游客在游玩之余可以敞开胃口，在此大快朵颐。每至饭点，餐馆周边定会停满车辆，餐馆老板也会热情地走到街上，招呼过路的人们进店品尝。

吃好玩好的人们还可以在公益古埠的榕树公园和渡口广场散步，那里是公益人茶余饭后的好去处。规划建成的停车场，为来访车辆提供了很大便利，古榕树搭配着景观树池，为游客提供着休憩的座椅。无论是平日里的闲暇时光，还是节假日期间，这里常常人头攒动，随处皆是男女老幼的欢声笑语。

路灯和树周氛围灯齐刷刷地亮了起来，整洁的碧道在夜灯和月光的照映下，流露出几分浪漫的气息。潭江平静而盛大，带来广阔视野和习习微风，人们交谈、漫步、夜跑。这个百年侨埠曾经落下的时代的灰，如今悄然抹去。

经历了一百多年的风雨，公益埠依然挺立，实现了第二次生命的绽放。

一世故乡
Chapter 02

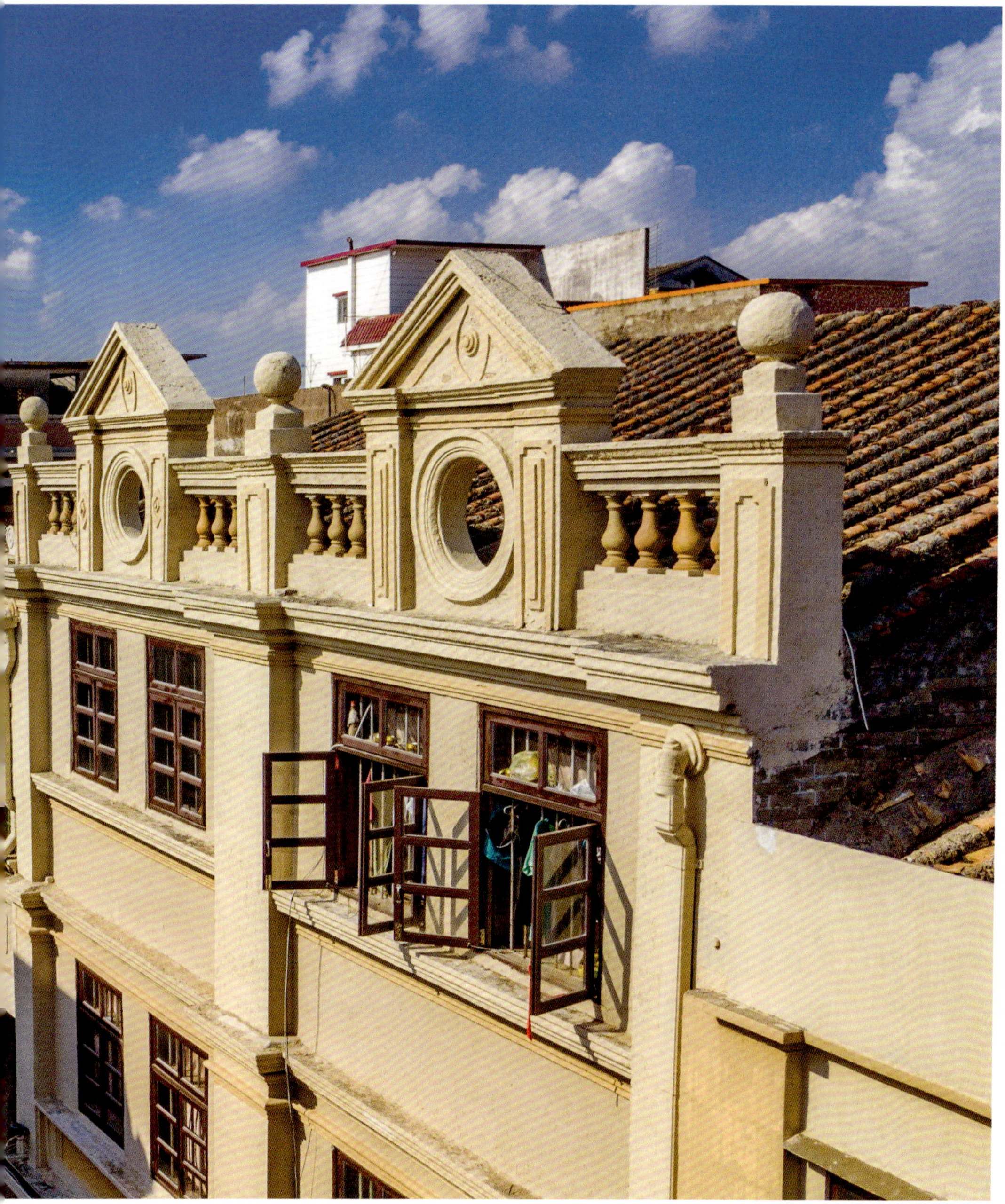

沿着巴金的足迹

"为了去看一个朋友,我做了一次新宁铁路上的旅客。我和三个朋友一路从会城到公益,我们坐在火车上大约三个钟头。……到了潭江,火车停下来。车轮没有动,外面的景物却开始慢慢地移动了。这不是什么奇迹。这是新宁铁路上的一段最美丽的工程。"

1933年,巴金在《机器的诗》中极力描摹工业文明的巧妙:火车沿新宁铁路过潭江,直接驶上了轮船,就停留在船上。能够接驳火车的轮船,同样是一架上百人协同管理的巨大机器。它承载着庞然大物慢慢地渡过江去,严丝合缝地对接到对岸的轨道上。

机器轮船载着火车驶向的对岸就是台山大江,巴金此行的目的地也是今天大江的公益。这段"最美丽的工程",借由他优美的笔调,永远构筑在大江北部的潭江岸边。

"最美丽的工程"

清晚期以来,外国列强纷纷在中华大地投资兴建铁路,意图掌控中国交通命脉。而以台山旧称命名的新宁铁路的修建真正打破了这一局面。

1904年,台山赴美华侨陈宜禧返乡,主持修建新宁铁路。这是一条"不招洋股,不借洋款,不雇洋工"的铁路,是中国第一条完全由国人投资、设计、修建、管理的民营铁路。

新宁铁路北起今天江门的北街,经新会、台城南至斗山,还有一条支线西延到白沙。当时,新宁铁路在大江境内设有六站,包含麦巷、浔阳、公益、万福

寺、大江、陈边。其中公益站不仅是主要站点，还和宁城站一起成为整条线路上的车辆基地。

新宁铁路的修建并非一帆风顺。在新旧交织的近代中国，修筑一条铁路困难重重。外国资本家、买办势力以及官办铁路公司频频干扰，铁路沿线守旧乡民更以"有碍水利祠墓"为由，阻挠铁路修建。

大江不少乡民曾经赴国外修筑铁路，对新生事物拥有很强的包容心。因此，当故乡开始修筑铁路的时候，大江不仅少有阻挠，而且提供了众多有力的支持。

据了解，新宁铁路规划时并没有打算经过大江公益。但当地外出的侨民见识颇广，深知现代交通对地方发展的影响。公益不仅主动请求修筑铁路站点，而且为陈宜禧的铁路公司提供优惠的土地设厂，因此在公益兴建了新宁铁路的车辆基地。

吹响迈向现代的汽笛

　　新宁铁路的修建，带动华侨群体大力推动台山地区的近代城镇化进程，在大江也迎来了建设加速的时代。响彻这片土地的汽笛，成为打开一个崭新世界的先声。

　　因为铁路线的经过，大江墟、陈边墟、公益墟等站点所在地被注入了全新的发展能量，一跃成为台山的重要城镇，大江的传统墟镇转为现代贸易市场。其中，公益埠几乎与新宁铁路同步扩容修建。1908年，立埠仅3年的公益埠建成，次年新宁铁路即正式通车。因铁道贯通传统水运，联动的交通带来了这个港口城镇的疾速兴盛，让当时的公益埠成为台山仅次于台城的第二重镇。

　　新宁铁路的修建让原本拥有江海交通优势的大江如虎添翼，加快了当地与世界的沟通。当时，华侨返乡建设家乡成为风潮。便利的水陆交通，让海外运来的"红毛泥"及众多现代建筑材料源源不断地流向大江市镇，一座座近代建筑拔地而起，一幢幢碉楼、洋楼耸立天际，乡土面貌焕然一新。

　　跟随铁路而来的是新世界的时尚。近代城市空间同传统建筑在大江交错相融，现代教育、医疗、金融、娱乐的先锋理念，在这个南粤古镇落地开花。来到今天留存的侨墟遗迹，依然能够感受到那份古朴而现代的冲击力。

永恒的朋友

　　当地人介绍，当年巴金要拜访的公益埠的朋友，把他安顿在今天胥山纪念堂旁中华酒店的二楼，巴金在这里俯瞰南国风物。一面是恬淡美丽的水乡风情，另一面是繁华便捷的现代城镇文明，本该对立的两个空间，却在大江完美地融合在巴金的眼中、心坎和笔端。

也是在这里，巴金初步构思了《机器的诗》，后来回到广州后付诸纸笔。巴金由衷地赞叹："真正的诗人一定认识机器的力量、机器工作的巧妙，机器运动的优雅、机器制造的完备。"他不吝言辞，高度赞扬了新宁铁路创造的机械奇迹，表达了工业文明不可阻挡的历史潮流。而大江呈现给他的工业文明并不是冰冷、黯淡的色调，而是欣欣向荣的鲜活之力，是共生在青山绿水、稻香春烟里的一幅柔美画卷。

巴金诚挚的语言，同样是大江人敢为人先、奋勇探索的革新写照。当处在蒙昧状态的乡民还在害怕火车线路破坏风水的时候，大江人却抓住铁路修建的历史机遇，改变这里靠天吃饭的"命数"，转向快速发展的现代城镇之路。

写完《机器的诗》，几乎在同一时间，巴金随即写就了另外一篇文章《朋友》：

"这一次的旅行使我更了解一个名词的意义，这个名词就是：朋友。七八天以前我曾对一个初次见面的朋友说：'在朋友们面前我只感到惭愧，你们待我太好了，我简直没法报答你们。'这并不是谦虚的客气话，这是事实。说过这些话，我第二天就离开了那个朋友，并不知道以后还有没有机会再看见他。但是他给我的那一点点温暖至今还使我的心颤动。"

巴金"初次见面的朋友"，应该就是他乘新宁铁路到公益埠见的那个朋友，他在大江的短暂停留令他难以忘怀，他结识的大江朋友令他感动心颤。大江同样把他当作永恒的朋友，他字里行间感受到的温暖韵味，成为大江难以磨灭的气质。

一世故乡
Chapter 02

越华越风华

漫步潭江边，倾听着南国水域的呢喃细语，没有北方大河的粗犷，也不像江南流水的轻柔，潭江水更像是胸有丘壑的意气青年，暗自涌动着奔赴梦想的海洋。

在潭江奔流的碧波中，倾听历史的回响，见证越华中学80余年的沧桑岁月。这座承载着数代大江人青春与理想的侨校，在恰同学少年的绵绵读书声中风华正茂。

历经风霜

越华中学建于1939年7月。由于广州沦陷，当时的广东省教育厅为收容流亡港澳的中学生，设立"广东省中区临时中学"。学校几经坎坷，辗转数地，终于在1946年，迁至台山县公益埠，租借胥山纪念堂和中华酒店为校舍以继续办学。

胥山纪念堂临潭江而建，位于公益古埠的西北方。无论是家族学校还是越华中学，纪念堂一直发挥着育才树人的功能，并延续至今。20世纪初，随着公益埠经济的发展，西方教育思想广泛传播，伍氏侨商伍于政、伍于翕、伍理周等伍氏族人为让族人子弟接受新式教育，开始筹建学校，并于1931年6月6日揭幕开始办学，后称"胥山中学"。1943年由于抗日战争，胥山中学被迫停办，1946年胥山纪念堂被租借给广东越华中学，成为越华中学的教学楼。

从1939年到2003年，越华中学几经易名，先后曾用广东省立越华中学、广东越华中学、台山东风中学、台山越华中学、台山大江中学、台山胥山中学等校名，最终校名恢复为"台山市越华中学"，并沿用至今。

如今越华中学的胥山纪念堂厅前仍挂着一副东林先生顾宪成撰写的名联"风声雨声读书声声声入耳，国事家事天下事事事关心"。这是几百年来无数读书人的座右铭，也影响着越华中学的莘莘学子。大厅两侧的教室仍然保留着原来的面貌——整齐的木质桌椅，醒目的黑板。从这里传出的琅琅读书声曾伴着厅前的那副对联，划过属于每个越华学子萦绕难复的芳华。

在校史陈列室，可以看到越华中学各个时期的资料及教学用具，如胥山中学时期的毕业证书，越华中学时期的纪念品，近代的地球仪和打印机，20世纪60年代横渡潭江的学生旧影，以及藏书丰富的图书阅读室，都诉说着华侨学校教育模式的科学性与先进性。

1945年8月，日本天皇下诏宣布日本无条件投降，越华中学也迎来一个值得永远铭记的历史时刻。9月28日，国民党第六十四军和驻扎江会的日军一三零师团在胥山纪念堂举行签降仪式，盘踞江会地区达六年之久的日寇最终放下武器，人民迎来了抗日战争的伟大胜利。

胥山纪念堂现已被打造成传统文化教育和爱国主义教育基地。越华中学按照修旧如旧原则恢复纪念堂原貌，二楼会议室成为抗日战争江会日军签降纪念展厅，还原了当时日寇签降的场景，并通过抗战实物、展板介绍来展示抗日历史，时刻提醒人们，勿忘国耻，振兴中华。

侨校标杆

除了在浓郁的爱国主义教育氛围中培养学生德智体全面发展，越华中学充分挖掘学校独特的爱国历史形成教学特色，按照新时代文明实践标准，建立健全长效管理机制，把胥山纪念堂建设成兼具思想政治引领、传播党的声音、培育文明新风、传承优秀文化等多种功能的综合性宣传文化阵地。定期组织学生开展主题教育活动，让学生们通过学习历史，进一步认识到今天和平稳定的

遇见大江 | 041

一世故乡
Chapter 02

幸福生活来之不易，激发学生们的爱国热情。

越华中学以"自我超越，培育英华"为办学理念，恪守"勤严尊爱"的校训，不断深化教育教学改革，逐渐成为台山市声誉较好的农村初级中学。学校先后获得广东省国防教育先进学校、广东省校园足球推广学校、江门市森林学校、江门市安全文明校园、江门市文明校园、台山市优秀学校、台山市文明校园等荣誉。

越华中学80余年历史，镌刻着几代越华学子奋斗的足迹，多年来精心耕耘，桃李遍布五洲大地，声明远播海内外。先后培养出中国工程院院士甄永苏、清华大学博士生导师雷锦誌等著名人士以及社会精英数以万计。

如今的越华中学有了新的教学楼，也有了更宽阔的操场。它将继续育才树人，就像操场上的老榕树，用强大健壮的根须撑起茂盛的枝叶，在春日里舒展着勃勃生机。

一世故乡
Chapter 02

遇见大江 | 045

大江唤醒侨墟

台山被称作中国第一侨乡，境内有着大大小小百余座侨墟。它们历经百年，每条墟街、每座建筑都记录着一段曲折的华侨历史，寄托着台山人的追忆和情感，是台山重要的历史文化资源。

为了更好地保护和利用侨墟，大江镇启动大江墟的活化提质工程，将这座沉睡数十年的侨墟重新唤醒。如今，大江墟正以全新面貌展现在人们面前，重新迸发出活力，成为大江镇文旅产业发展的重要增长极。

繁盛大江墟

20世纪初，旅美华侨陈宜禧主持建造新宁铁路，台山迎来华侨参与城乡建设的高潮。台山各地侨商以家族形式在新宁铁路沿线募资修建新式墟集。一座座充满异域风情的侨墟如雨后春笋般冒出来，遍及台山的城乡里巷。

位于台山大江镇的大江墟也是其中之一。大江墟由三角市和新市两部分组成，共有七条骑楼街，逢周一、周六为墟日。各条墟街的分布及规模都有着统一的规划，而墟内自建的骑楼则有着更多的发挥空间，巴洛克式的立柱、凹凸有序的小阳台、形式多样的山花以及丰富多彩的灰雕图案，形成具有浓厚西洋建筑元素的外立面，尽显富丽堂皇，让人叹为观止。

这些二至四层的骑楼将中国传统的飘檐式建筑与西方卷廊式建筑进行了融合，形成探入人行道的长廊，既防晒又可避雨，也方便商人招揽客人。

大江墟沿大江河修建，共建有五个水运码头，形成了便利的水运条件。凭借铁路及水路的交通优势，大江墟吸引了各地客商前来设店开铺，水陆货运繁

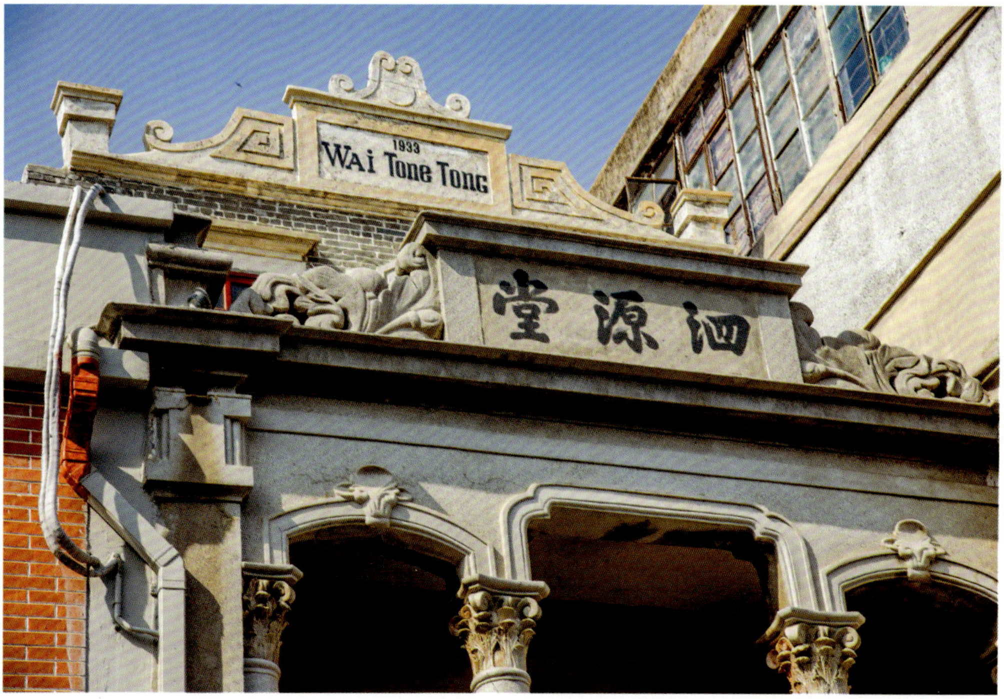
1933
WAi Tone TonG
泗源堂

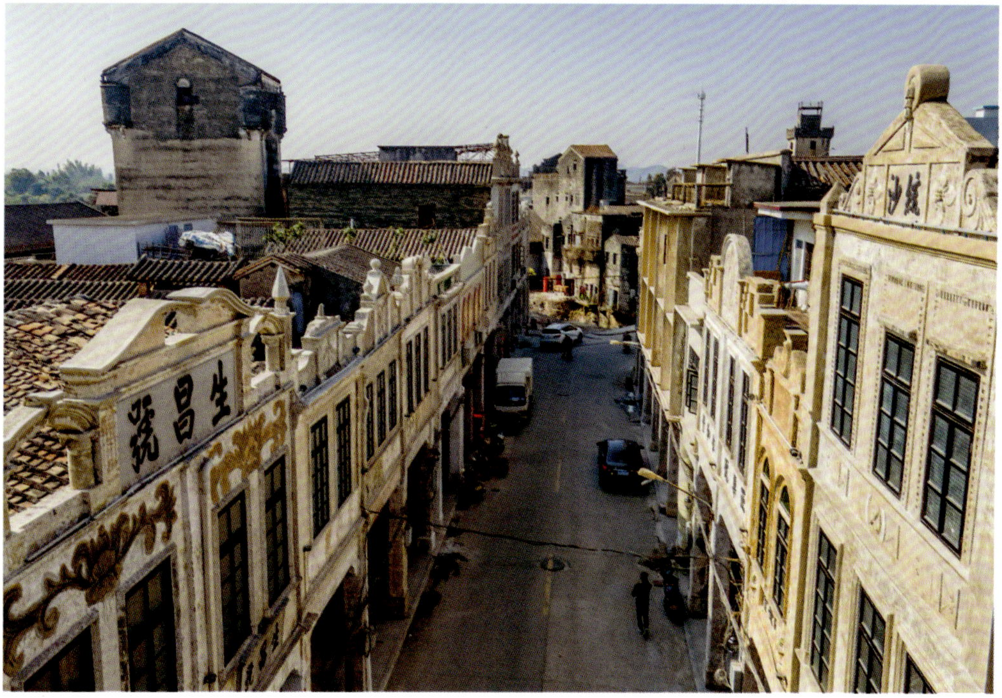
生昌號

一世故乡
Chapter 02

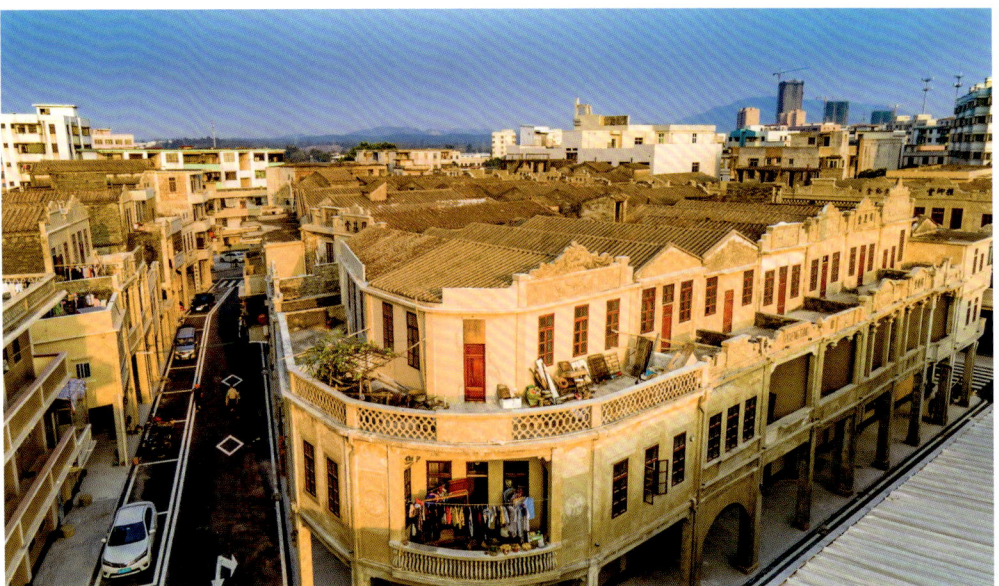

忙，商贸活动兴旺，素有"老虎墟"之称。《台山物质建设计划书》中记载了当时大江墟的繁荣："大江市位于新宁铁路大江站旁，有铺二百余间，四乡居民稠密，商业颇盛。"

从骑楼商铺上遗留的字迹可以看出，当年大江墟设有中西药房、金铺银号、茶楼酒馆、百货杂物等商铺。位于西荣街的仁安药房，布局前商铺、后碉楼，是一座典型的兼营侨信业务的商号，也是当时大江墟规模最大的股份制商铺。仁安药房、光亚银行、大光书局等商铺的开设，表明大江墟作为岭南墟镇已经具备了近代商业模式，城镇建设领风气之先。

落寞旧时光

大江墟建成后，墟内商铺林立，繁华一时，是近代大江地区重要的商贸墟镇。然而，在时代变迁中，大江墟逐渐落寞，只留下斑驳的高墙和破败的街道，在蜘蛛网的交织中沉沉睡去，写尽"无可奈何花落去"的感伤。

抗日战争时期，日寇入侵，新宁铁路停运，大江墟随即失去铁路运输优势。此后，日寇侵占五邑地区，包括大江墟在内的墟镇被日寇劫掠破坏，各大商铺被洗劫一空，给五邑人民带来无法抹去的伤痛。

中华人民共和国成立后，世界格局重新确定，侨居美国的台山人鲜有落叶归根、置产兴业的动力。缺少侨汇的支撑，大江墟只有农业墟集的功能，商业模式单一，加上骑楼大量空置，无人经营，年久失修的侨墟也不复当年风采。

焕发新活力

如今，大江墟已经成为历史文化街区，是大江镇重点打造的特色旅游景点。2020年6月，大江墟新市和三角市活化提质工程正式启动，项目投入1136.24万元，对居仁路、安宁路、由义路等道路进行提质改造；整改拆除违章建筑1.8万平方米，修旧如旧清洗粉刷外立面约2.14万平方米，改造文化广场等公共空间；铺设沥青路面，重新划分车道，增设停车位486个；新增壁灯260盏，全面完成三线整治；开展蓬莱排洪河清淤工程，优化滨水步道环境，增设河岸栏杆，铺设绿植，提升街区整体风貌。

　　提质改造后的大江墟，成为购物、休闲、观光、生活于一体的民国风情特色街区，镇墟形象焕然一新。巷道两旁矗立着上百栋洋楼，中西合璧的骑楼建筑修旧如旧，保留并恢复了永安堂、同和栈、光亚银行等传统老招牌，奶茶店、小吃店等新商铺也入驻其中。骑楼的窗户、阳台、山花装饰等重新粉刷，重现百年前的绮丽风华。

　　大江墟展现出不一样的历史风韵，成为新的网红打卡地，吸引了大批游客前来参观，也吸引了不少影视剧组前来拍摄。网络剧《法医秦明之读心者》《狂飙》就曾选在大江墟取景拍摄。

　　为了重新唤醒侨墟活力，大江镇努力繁荣街区商贸，推动大江古埠提档升级，并通过中心廊道与陈宜禧路沿线新商圈加强联动，带动大江新老商圈互促共进，逐步将大江打造成人文气息浓厚、产业特色鲜明的魅力小镇。

遇见大江 | 051

一世故乡
Chapter 02

遇见大江 | 053

乡愁写在纸上

"望眼欲穿,终于盼到回乡的日子了。因生活拮据,所以要等到两年或以上才能回乡探亲一次,希望今后环境稍好些,遂每年返乡一次的夙愿。……回乡前早已盘算,除探亲和医治脚痛旧患之苦外,还必须做两件事:第一,要坐一趟高铁,尝尝坐高铁的感受;第二,要实地看看港珠澳大桥。这可能因本人对这些'国之重器'的高新技术特别关注和感兴趣所致吧!……曾听人说,20世纪70年代桥梁看欧洲,20世纪90年代看日本,21世纪则要看中国了。"

这是加拿大华人蔡绍坤老先生在《大江侨刊》上发表的真情实感。

像这样书写故乡、刊登家乡大事、表达思乡之情的刊物,早在一百多年前,就已在大江出现,许多姓氏、乡村都有自己的侨刊乡讯。侨刊乡讯原本是民间刊物,但这些刊物发行海外,流传甚广,及时生动地反映了华侨和家乡的情况,极受侨乡各界人士的欢迎。

百余年前,华侨将侨刊比作族谱、家书,写诗歌颂侨刊:"……侨胞千万乡心重,海外殷殷盼雁鸿。他乡故土问何知,文字传宣捷以东。月出一函成族谱,风行万里抵家书……"华侨积极办侨刊乡讯,让它成为沟通内外联系的重要工具,因此侨刊也被誉为"天桥",足见当时侨刊所承载的使命。

江门五邑作为全国侨刊乡讯最多的侨乡,仅1949年以前,台山县就有122种侨刊。1989年全国共有近150种侨刊,广东占103种,其中仅2/3出自五邑。

胥山之光

说起侨刊,不得不提的是伍氏家族的《胥山月刊》。《胥山月刊》创刊于

1920年春天，至今已101年历史。当时以伍润三等宗长倡议创刊，以纪念伍氏始祖伍子胥而定名。其间，由于战乱和经济等原因，曾三度停刊。改革开放后，台山各姓氏侨刊纷纷复刊，《胥山月刊》于1986年5月复刊。

复刊后的《胥山月刊》每期发行量为6000册，每年三期，每逢4月、8月、12月出版，主要栏目有宗情族文、海外侨情、胥山之光、胥山论坛和宗史文献等，报导海内外伍氏动态、好人好事、族史研究、族谱等，是伍氏族人喜闻乐见的集体家书。

月刊从创办以来，免费向伍氏宗亲发行赠阅，刊物的全部经费来自宗亲捐赠。海外的乡亲、受众与捐赠者融于一体，在精神和物质上都给予侨刊很大的支持。如今为《胥山月刊》捐钱的大多是中老年人，似乎人到了一定年龄，就开始对探寻祖源、家族事务产生兴趣，自然会关注族刊。

侨刊里都写些什么呢？海外侨情类栏目是侨刊的必备栏目，报道家族成员在海外的庆典、联欢、换届等各种活动，以及成员个人成就、风采等。教育类栏目在各类侨刊中稳占一席之地，足见侨胞对于教育的重视。文学类投稿也在侨刊中占有一定比重，为整本刊物润色。海内外读者经常会为侨刊捐钱捐物，这一部分信息也会被刊登在侨刊上，留作纪念。

侨刊是历史的见证。从战争年代到中华人民共和国成立，再到改革开放，海外侨胞回乡捐赠医院、学校等推动公益事业发展。如今，乘着粤港澳大湾区发展的东风，大江为侨胞搭建了更开阔的平台，让他们能享受更多家乡发展的红利……翻开这本跨越百年的刊物，侨胞从反哺家乡到互惠共赢的脉络清晰可见。

同《胥山月刊》一样，侨刊向外发行主要有几种方式：一是根据海外乡亲的联络方式向外邮寄，二则是将侨刊寄发到海外社团机构。被刊印出的侨刊多数都"走向世界"，完成跨国传播的使命。

《胥山月刊》社长伍新雄说，包括《胥山月刊》在内，未来计划联合35个台山市侨刊乡讯进行整合捆绑，申请成为继银信后台山的又一世界记忆遗产。

凝结乡愁

许多侨胞无论走到哪里，都会把侨刊带在身上，只借给老乡看，舍不得送人。侨胞们生活在英文环境中，拿到一份华文期刊对他们来说意义非凡。相比于全国、全省的新闻，聚焦家乡本土新鲜事的侨刊更加亲切。常有回乡探亲的侨胞提到，每次收到一本新出的侨刊，自己都要随身携带，去喝茶、去朋友家做客时拿出来分享，让大家都看看家乡的变化。

一本薄薄的月刊成为侨胞维系乡愁的载体。为了让杂志社正常运行下去，保持与家乡的联系，侨胞们在过去几十年坚持给侨刊捐资，即使在疫情时期也从未中断。

老一辈侨胞在大江出生，对这片故土爱得深沉。今天在侨刊工作的编辑们，在帮老一辈留住乡愁的同时，激发和培养年轻一代侨胞的爱国爱乡情怀成为新的议题。

侨刊满载着浓浓的乡情，跨越万水千山，将家乡的情况传递到几十个国家和地区，传递到成千上万海外乡亲的手上，以慰他们对故土的日夜思念。

一世故乡
Chapter 02

遇见大江 | 059

家书抵万金

清末民初，五邑地区大量青壮年去海外谋求生计。将银钱寄回家，是这些华侨的头等大事。台山有歌谣唱道："爸爸去金山，快快要寄银，全家靠住你，有银就好寄回。"就说出了当时华侨与家人的处境。于是，一种把汇款和书信融为一体的银信应运而生。

银信在广东潮汕、梅州和福建闽南侨乡也被称为"侨批"。中华人民共和国成立后，政府成立侨批局。20世纪70年代末，侨批局的业务并入中国人民银行，银信（侨批）成为历史。2013年6月，广东、福建两省的"侨批档案：海外华侨银信"入选《世界记忆遗产名录》，台山银信是其中的重要组成部分。

纸短情长

对台山大江人来说，"银"是经济血脉，"信"是情感纽带。

在台山银信博物馆中，收藏着不少当年的银信。海外华侨寄钱的同时，通过写信与家人联络情感，沟通家族管理事宜，过问孩子的学业，商量家中盖新房子的设计以及兄弟姐妹的情况……每一封银信都是一个家族的故事。

大江人移民北美，最早始于19世纪50年代美国加州淘金年代，在那之后的60年代，又应召参与美国太平洋铁路的建设。曾有北美华裔用"来金山，做骡仔"来形容自己在美国的一生，道尽了当年华人移民在美洲拼搏求生的辛酸。

华侨出洋，既是谋生，也寄托了家人的希望。清末民初的很多华侨家眷，主要依赖华侨的汇款为生。华侨出洋时，旅费盘缠大多是亲友接济借贷而来的。华侨在外立足之后，就会尽快偿还借款。大多数华侨都是出卖劳力的劳

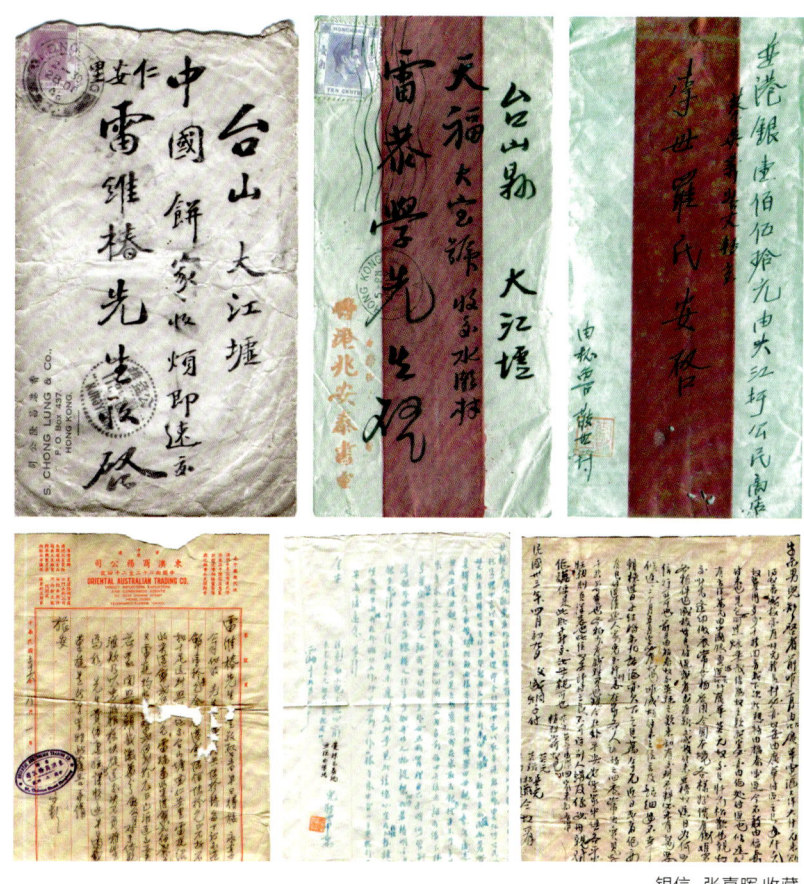

银信，张嘉晖 收藏

工，收入并不高，他们用血汗积攒每一分钱，把钱和书信寄回家。

在江门五邑华侨华人博物馆中，馆藏《辛丑年各客来往银信记数》经过岁月的磨损，已不完整，但仍能看出银信的递送过程：美洲银信主要是由海外专门人员或商号将小额汇款收集起来，写上寄款清单，连同书信一起，通过定期轮船行帮寄到香港，然后在香港兑换银钱，水客再送到大江侨眷手中。

随着寄送银信需求的增大，一种专门为华侨递送银信，陪送华侨出国或归国的职业也逐渐兴起。因为当时往来只能走水路，被称为"水客"。今天我们常说的"水货"，就来源于此。在广府地区，水客也被称为"巡城马"。

当年的银信看上去和现在常见的邮局汇款单略有相似，但外面有个信封，写明"外付××元"。在流程上，收到银信的人还得写回批（即收款人回信），让汇款人知道钱已经收到了。

在外辛劳的丈夫、父亲们寄回家乡的外汇，改善了留守家人的生活。这些所谓"金山家庭"，衣食用度都比没有外汇的家庭优越许多。

在台山银信博物馆里，馆藏陈列着许多银信，记录着一个个华侨家庭的故事。在华侨余毓辉给家人的一封银信中，包含了300元钱和写给儿子的信，信中详细介绍了银钱如何分配使用。在余毓辉心里，很多长辈亲人都让自己挂怀。所以这300元钱，有125元用于资助小家庭之外的亲戚，长婆得的最多。读到这封信的人大略可以猜测，这位长婆大概与余毓辉非常亲近。信中还能看出，华侨在海外赚钱艰辛，以及对故土家人深深的眷恋。

反哺家国

银信中的个人故事数不胜数，细细品读之后，还得以窥见这些故事背后的大时代。这些蕴藏金融、交通、中外关系等珍贵史料的银信，侧面反映了华侨慷慨捐助所推动的中国近现代社会的发展与变迁。

华侨华人渐渐在海外立足，积累下来的钱都用来改善家族的居住条件，五邑侨乡掀起了建筑热潮。"自同治以来，出洋之人多获资回国，营造屋宇。"清代光绪年间，台山知县李平书如此评说。

从清末到1949年中华人民共和国成立的几十年间，大江华侨回乡建造的房屋数量庞大。骑楼和碉楼就是这一时期兴起的独特建筑形式。

除了买田置房，华侨积累财富的最大用途就是给家乡发展公益事业和投资实业。当时的中国正处于积贫积弱的时代，大多数海外华侨华人认为，发展教育和实业是振兴中华的主要途径。所以他们在大江区修建交通设施，兴办学校和医院，也带回最现代的政治、经济、生活观念。

一个多世纪以来，华侨一直以不同形式往家乡"输血"。中国社会发展的每一步跨越都能看到华侨的身影。五邑大学广东侨乡文化研究院院长刘进教授认为，华侨华人在寄往家乡的银信中，也出现了不少关于中国近代革命、建设和复兴的记述。它们见证了历史，也见证了华侨华人的家国情怀。

当年，孙中山在海外从事革命活动，立志推翻清政府，建立民主共和国，得到广大华侨各方面的大力支持。他们支持和参加孙中山在海外创立的革命组织，为民主革命摇旗呐喊，又从经济上鼎立支持革命，甚至直接参加推翻清王朝的武装起义。

抗日战争爆发之后，五邑籍华侨以前所未有的热情和精诚团结的精神，组织了许多抗日团体，号召华侨团结起来，声援祖国抗战。华侨创办了《美洲华侨日报》，不断著文抨击日本帝国主义的侵华罪行，还创办了电台，使抗日救国宣传更加深入，更有成效。

抗战开始后的头三年，包括五邑籍华侨在内，美洲华侨捐献的物资折合人民币250万元。抗日战争能取得最终的胜利，海外广大华侨的慷慨捐助是其中一个重要原因，五邑籍华侨更是功不可没。

中华人民共和国成立后，海外华侨对祖国的发展给予了极大关注。在中华人民共和国成立初期通货膨胀极其严重的情况下，中国经济很大程度上是依靠海外华侨的捐助得以支撑的。不少热血青年也纷纷响应号召，回国参加祖国建设。

通过小小的银信，华侨供养家人，用于生产和捐助家乡各种公益事业。余力可及时，他们对祖国的革命运动、经济建设和教育文化事业倾注了巨大的热情，提供了中国现代化所必需的物质条件，加速了政治、经济和思想文化的现代化进程。银信，正是大江华侨故土情怀的宝贵见证。

TRAVEL TIPS
游玩知多点

公益埠

公益埠建成于清光绪三十四年（1908），取名公益埠，意在"公共得益"。新宁铁路建成通车后，公益埠一跃成为台山仅次于台城的第二大城镇。后来抗日战争爆发，公益埠陷入衰败。

> 贴士：游览公益埠无须门票，游玩需约2~3小时，游客到达后可根据"公益古埠历史文化街区导览图"指引，自行决定游玩路线。还可在上海街餐馆品尝当地特色茶点和河鲜。
> 地址：台山市大江镇新上海街直入
> 交通：公益古埠广场周边，可乘坐台城至公益811公交线路至公益站落车，或者自驾前往
> 游览时间：周一至周日 8:00~22:00，节假日无休

近年来，为彰显大江城镇魅力，提升公益埠形象，大江镇从2018年开始对公益埠进行活化提质改造，对具有民国风情的建筑进行复原，建设新宁铁路纪念公园，壮大商贸服业，进一步扩大公益埠的知名度，恢复商埠当年的繁华气象。

中华酒店 位于公益埠东北角，胥山纪念堂对面，是一座三层民国风情的红砖小楼，曾经是公益埠往来商客歇脚的地方，亦是公益埠繁华的缩影。当年，巴金应《胥山月刊》邀请参观新宁铁路，曾经住过这里。

仁泰酒庄 位于公益埠中兴街，是一座拥有优美欧式建筑装饰的民国建筑，经修缮后，展示自身独特的侨乡建筑魅力。其所在的中兴街，还保留着许多百年前的银号招牌，如宝昌隆、钜昌隆银号等。

师范女校 在公益礼拜堂旁，有座三层红砖小楼，精美的圆拱窗依稀可见当年的风采。这是当年公益埠建立的职业学校之一，还是一座女性师范学校，可见百年前的公益埠不但城镇建设西方化，还引入了相当先进的教育理念。

越华中学胥山纪念堂

　　胥山纪念堂，又称"胥山堂"，为1928年台山伍氏宗亲为纪念先人伍子胥而建，至今已有近百年历史。1931年，胥山纪念堂成为原胥山中学的教学楼，1946年被租借给广东越华中学办学，几经易名后，最终校名恢复为"台山市越华中学"。

　　这幢红砖绿瓦的洋楼，外观庄重典雅，保存得相当完好。走入楼内，站在天井向上仰望，墙壁上的图案和雕花更是精美绝伦。胥山纪念堂现已成为台山市爱国主义教育的重要载体，曾有多部电视剧、电影在这儿拍摄，使这座古老校舍吸引了众多世人的目光。

　　抗日战争江会日军签降纪念展厅 位于胥山纪念堂二楼。1945年抗日战争胜利后，盘踞江门和会城的日寇在这里签署了投降书，胥山纪念堂见证了这个重要的历史时刻。纪念展厅通过抗战实物、展板介绍、场景恢复等，立体展示了日本从入侵到投降、中国人民取得伟大胜利的历史，时刻提醒人们勿忘国耻，振兴中华。

> 贴士：胥山纪念堂位于越华中学校园内，须提前预约
> 地址：台山市大江镇公益埠广场，沿着上海街往北直走即到
> 交通：可乘坐台城至公益811公交线路至公益站落车，或者自驾前往
> 游览时间：周一至周日 9:00~17:00

大江圩

大江圩由三角市和新市两个部分组成。大江三角市，始建于清末，因地处两河交汇的三角地带，故称"三角市"。1909年，新宁铁路建成通车，大江站设立在三角市周边。依托着水路及新宁铁路，三角市越发繁荣，商铺林立。1927年，台山掀起大规模的城市改造，拓马路、建骑楼，大江三角市改造为骑楼林立的街道，中西结合，富丽堂皇。

大江新市为雷姓及刘姓主导建设的墟市，建于20世纪30年代，其整体布局依河而建，形似宝葫芦，共有三条骑楼街道，分别为由义路、居仁路、安宁路，新市中间有空地，为墟日农贸市场交流所用。

仁安碉楼 位于三角市中间，百年来默默守护大江的繁荣和安宁。在幸福广场傍边还耸立着两栋三层西洋式花园别墅，至今还保留原来的风貌。

大江圩碧道 近年来，随着城市品质提升，大江圩进行了大规模活化改造。大江河两岸也发生了翻天覆地的变化，休闲绿道、河岸景观台、河岸绿化景观以及旅游驿站等设施，将大江河岸打造成深受欢迎的休闲活动场所。5公里的碧道环绕大江新市，连接三角市，河水碧绿，呈现出一幅天蓝、水清、岸绿、景美的画卷。

> 贴士：三角市和新市均无需门票，游玩时间约2~3小时
> 地址：大江镇北盛街
> 交通：可乘坐台城至公益811公交线路至大江圩站，或者自驾前往
> 游览时间：周一至周日 8:00~22:00，节假日无休

一缕时光
Chapter 03

第三章 ③ 一缕时光

西方的文明与传统的族屋、碉楼、神龛一道，构成了大江的旧日生活。在这里，地道的宗族民俗得以体面地延续下来，以一种沉静而富有生气的形态，在大江的土地上顽强生长。

一个家族的传奇

每年清明后的第二个星期,大江斗洞突然喧闹起来,锣鼓鞭炮齐鸣,一派热闹景象。这是伍氏家族一年一度的祭祖仪式,场面甚为壮观。

大江斗洞地区有60多条伍氏村落,生活着1万多伍氏人。这里是岭南伍氏的起源地之一,每到清明时节,来自世界上107个国家和地区的伍氏族人,汇聚宋上柱国伍公祠。

祭祖仪式选在清明后的第二个星期,是为了避开清明大江当地祭祖活动的高峰期。在大江,一个大姓的祭祖活动往往会在几天内带来上万人甚至几万人的人流,每个家族都会提前号召族人参与义工,确保交通顺畅、人员安全、山林防火和筹备祭祀材料等相关事宜。伍氏公祠在这一星期内,往往有几万人参与祭祖,义工也需要几百人,可谓斗洞的一大盛事。

祭祖之日上午,伍氏族人集中在宋上柱国伍公祠,乘坐提前安排好的旅游大巴或自驾前往阳江市象山伍氓大将军陵墓拜祭。完成阳江陵墓拜祭后,伍氏族人回到大江,到祖先故居绿围世居、麦氏一品夫人陵墓拜祭先祖,奉上贡品,包括水果、烧猪和白酒等。待祭祖活动结束后,人们将贡品带回,一起前往宋上柱国伍公祠,共聚乡情。

岭南伍氏之源

斗洞属于大江镇渡头地区,有一条叫"斗水"的小河经过,河两岸有一大片田洞,土地肥沃,所以这里叫作"斗洞"。沿着斗水两岸是伍氏的聚居地,所以绿围房伍氏既叫"柱国房伍氏",也叫作"斗洞伍氏"。

"斗洞"这个在地图上已经寻找不到的名字,包括沙冲、五星、山前、大巷、石桥、来安、新大江等村落。虽然不再是个官方地名,大江的老人们仍因循传统,把这片区域称作"斗洞乡"。

伍氏家族得以在岭南开枝散叶,并迁徙、繁衍至世界各地,源自800多年前的一段往事。据岭南伍氏族谱记载:"岭南十三将宋上柱国公奉旨镇守南恩洲殉国,麦氏夫人避地,携二孤子朝恺、朝佐卜居新会之文章里而为斗洞之鼻祖也。"

传说,麦氏夫人带着两个儿子来到斗洞,把柳树树苗倒着种下,想着如果树苗能活下来,这里便是风水宝地,适合居住。这些围村而植的柳树,后来不仅存活，还生长茂盛。伍氏家族定居下来后，把这块地方称为"绿围"，旧屋村原来也被称为"绿围村"，后因是始祖麦氏夫人的故居地，被后人称作"旧屋村"。

宋上柱国伍公祠始建于宋朝，是为纪念始祖伍氓而建，明神宗万历六年（1578）迁建于现址，记录着斗洞伍氏的成长与发展。祠堂占地面积420平方米，坐东南向西北，砖木结构，清水砖外墙，灰瓦覆面，玻璃瓦剪边。祠堂一共有三进。祠堂的主体建筑依然保留明代本体，古色古香。前厅有红木屏风，中厅刻录着祠堂的历史，后厅设有祖先牌位，用于祭祀祖先。

宋上柱国伍公祠最有意思的是，门前阶梯是7级半。据说明神宗皇帝认为，柱国公的行为高洁，超过了竹林七贤，所以祠堂重建时，经过皇帝允许，祠堂门前的阶梯可比7级再高半级。

本世纪初，祠堂原来三进的古旧建筑，前、中两进已夷为平地，仅剩下第三进，也残烂不堪。2005年起，伍氏家族开始重建祠堂，到2010年5月正式动工，2011年重修完毕。

重修祠堂的辛苦，负责维修筹款的伍氏宗亲会伍永照会长至今还记得。尽管很多伍氏兄弟出钱出力，但还不够。重建祠堂那些日子，伍会长每天都要组织大家开会，每天晚上在祠堂里商量，怎样筹到更多的资金继续重修祠堂。伍会长自己开着一家筷子厂，为了修祠堂，自己的生意耽搁了，为祠堂筹款，反倒贴了许多钱。即使这样，到祠堂完工时，还欠建筑商36万元。就这样又筹了一年款，才将款项还完。

伍会长从未想过中途放弃，"家族事业是一辈一辈人传下来的，我绝不能辜负先辈，伍氏精神要传下去，需要每一代人的不懈努力"。

如今，三进祠堂重修结束，宋上柱国伍公祠成为岭南伍氏绿围房祭祖寻根的必到之处。在进入沙冲村委会的路口，伍氏后人还立起路标，方便族人前来认祖归宗。

数字时代的胥山后人

每年前往阳江柱国公墓及宋上柱国伍公祠祭祖的后人中，不仅有年长者，也有不少年轻人的身影。伍氏家族的年轻人对于宗族事务非常踊跃，时不时还组织各类型的活动，不仅仅寻根问祖、收集氏族资料，还会组织族人聚会、出游。

年轻的队伍加入进来，还积极利用互联网、新媒体记录斗洞伍氏发生的每件有意义的事。中华伍氏网便是这群热爱宗族事业的伍氏后人所创办的网站。

就像伍氏宗祠中的牌匾写的那样，"团结世界伍氏宗亲，凝聚天下伍氏力量"。在互联网时代，一群伍氏的年轻人肩负起这个任务。网站内容丰富，有伍氏家族的资讯、文化渊源、宗族机构、商业活动和公益活动的全部动态。这群年轻人负责日常更新和管理，逢节庆日或者值得纪念的大事，还会专门拍摄视频来记录分享。全世界姓伍的人都可以来这里注册，寻根，加入宗亲会员。

伍氏家族中有不少成功的商人，他们的企业会对困难学生和家庭进行一对一的帮扶。即使是普通族人，也会经常捐款，用于宗祠修缮、家族事务等等。在过去，每条捐赠会刻在宗祠的墙面上。如今，每条信息都会记录在中华伍氏网上，接受大家的监督。

热爱家族的年轻人还写作了《中华伍氏之歌》，每句歌词都说出了伍氏族人的心声："我们的祖先为了生活，一步一步远眺家乡。不论过多少年，我们是姓伍的，不论再走多远，我们是中华伍氏宗亲……"

勇敢奋进的斗洞伍氏后人才俊辈出，加拿大首位华人女总督伍冰枝、美国最大中文报《中西日报》创办人伍盘照、世界锁王伍坚石、岭南鲁班伍炳亮……他们都是斗洞伍氏后裔。

年青一辈的伍氏后人，积极参与到宗族事务中。他们利用网络新媒体渠道，让家族文化在新时代里传承下来，重新唤起家族的活力。与时俱进，大概是大江伍氏一族分散居住在世界各地，也依然充满生机的原因。

一缕时光
Chapter 03

遇见大江 | 075

祠堂里的学校

沙浦村口，小小的广场上，一座完整的民国建筑映入眼帘。建筑占地面积不大，楼高两层，蓝天白云下，灰砖建筑庄重整洁。正立面为凸出的柱廊，其上筑一六角穹窿顶凉亭，门额刻有蔡廷锴题写的"植民小学校"。左侧凹进去的柱廊，有邹鲁题写的"植民学校"匾额。

即使在《广东台山华侨志》上，也没有这所学校的相关记录。但从保存在室内左墙壁上的纪念瓷砖《植民学校建筑校舍记》来看，该学校是沙浦蔡氏族校，"民廿一，学生人数骤增，由校董会建议添筑校舍，以资容纳"，海内外蔡氏族人响应号召捐款、捐地、赠校具、赠图书，到民国二十二年（1933）终于建成。"植民学校"匾额，是抗日名将蔡廷锴题写的。因蔡廷锴抗战有功，到访美国时受到华侨热烈欢迎。沙浦蔡氏华侨出面请蔡廷锴题字，再寄回家乡刻于门额之上。

光阴如歌

蔡群邦1975年就来这里做教师了，如今70岁的他对学校的一切都了然于心。教室里挂着一张写着歌词的硬纸壳，是1933年建校时的植民小学校歌。原本只有歌词，后来蔡群邦为它谱了曲。

他一边看，一边自然而然跟着哼唱起来："植民学校创立落在沙浦中，水秀山青，学校供人学艺与文化。小朋友，一边读书，一边游戏，一边做工，勤俭成艺，学习好，高强显大身手，为国争光，其乐融融，其乐融融。"

植民学校走不了多远，便是蔡氏祠堂，推门进去竟也是教室模样。听蔡群邦讲，这间500多年历史的祠堂到1945年左右，因村里学生太多，便腾出来改作学校。那时祠堂里的这所学校被称为"沙浦国民中心小学"，中华人民共和国成立后改为"沙浦中心小学"。1975年，蔡群邦来这里教课时，祠堂的每个房间都被改成了教室。人数最多的时候是20世纪80年代，开校会时祠堂里聚集了800多名学生。楼上楼下每个房间，加上天井，都坐满了人。如今的祠堂里，依然留有过去食堂做饭的大锅、餐具和简易的橱柜。房间里还有当年黑灰刷成的黑板、木桌与长凳，依稀可以想象当年学生们上课的情景。

沙浦蔡氏重教的传统有着悠久历史，可追溯到乾隆四十九年（1784）。后来，蔡氏在宗族投资建设的大江墟置办物业，出租生息，以奖励、培养读书人才。到了民国时期，以"做会份"（相当于集股）方式组织兴学置业会。华侨出洋回国后，投资兴建校舍，鼓励适龄学生读书，对教育重视的力度更是有增不减。

兴学育才

民国起兴，在五四运动和新文化运动影响以及平民主义教育学说的冲击之下，大江海外华侨支持家乡教育的热情高涨，华侨捐资办学在全镇掀起了热潮。像植民小学这样华侨捐赠的学校，在大江镇还有很多。1930年，大江镇公益埠的伍氏学堂建成（即后来的越华中学），同期水楼村的水楼学校也落成了。1933年，华侨李伯荣的父亲李星衢在公益埠捐赠福宁医院之后，又带头捐了公益埠的女子学校……

华侨捐资办学主要采取两种形式：一种是家族集体募捐筹款，将以前的私塾或者祠堂改为学校，或建新式学校；二是独自捐款将村塾或祠堂改为学校，或建新式学校。一些学校还置有校产或基金会，作为学校发展基金。一些乡亲还赠送设备、教具支持学校办学。由于华侨的鼎力支持，台山一度成为广东全省文化教育最发达的县份之一。

一缕时光
Chapter 03

除了对学校的捐赠，台山地区的海外华侨在汇寄银信补充家用时，常在信中强调教育的重要性。有时甚至专门寄回教育款项，对亲人的教育学习提出具体要求。比如，1946年10月17日华侨谭裔慈写给儿子的信中说：

"儿读书科目太多，其不甚重要者可以少下功夫，而已国文、英文、算数、珠算等为注意，余如手工、图画、音乐等可减少时间，以温习较重要之科目，盖人之精神之力有限，当然不能事善并美……"

在华侨看来，西方国家的富强，完全依赖于教育的发达，因此深信"教育储才，经济富国"。在20世纪初，大江城乡的小学教育高度发达。在华侨的支持下，大多数华侨子弟普遍可以读完小学，不少人高中毕业后升入国内大学就读，甚至取得硕士、博士学位。还有华侨把子女带到国外接受教育，有机会在美国的大学或专门的职业学校继续深造。

在一个多世纪间，"仗义输金，闻风回应合群力以赴其所欲达之目的。其乡土爱国之观念，何其深切挚哉？"华侨尊师重教，希望祖国也能依靠教育发展成更为富强的国家。他们对于教育的慷慨支持，培养了无数人才，推动大江地区，甚至整个中国加快迈向现代化。

赤脚打排球的人

40多年过去了,那个在里坳村前的晾晒场上"观战"的男孩,如今已经是一个男孩的爷爷。

刘沃林依然记得,农闲时候,村口的晾晒场上,村民拉一张网,用石灰粉撒出边界,就变成了人气爆棚的排球场。

乡村里的球赛

每天吃完晚饭,人们就自发聚到球场上来。当时的大江人打九人排球,人更多或者更少的时候,也一样打得起来。大江人幸运,大部分地区20世纪初就通了电,在晾晒场上打球的人,借着灯光能打到夜里12点。"那时候的大江人打排球太上瘾,我们村100人,上场打球的有近20人,剩下的所有人,老人、孩子、妇女、邻村人,都跑来看球。"

排球场,是大江每个乡村的社交中心。人们看球,也在这里聊着家常,欢欣雀跃,嬉笑打骂。

那时用的不是正宗的排球,而是橡胶做的,打起来硬邦邦的,几场比赛下来手都青了。小孩子们还轮不上这样的球,他们用废纸卷起来,用绳子绑成球状,打起来轻飘飘的,但也不影响兴致。大家赤着脚,光着膀子,在炎热的傍晚挥汗如雨。当年在场边为父亲呐喊助威的刘沃林,10年之后成了村里球队的领袖。刘沃林一直向往有一只真正的排球,用羊皮或人造革做壳,橡胶做胆,直到改革开放后,村里才有了一颗真正的排球。

到节假日,大江镇常常会搞排球比赛。赢了的队伍就得个彩头,或是一条

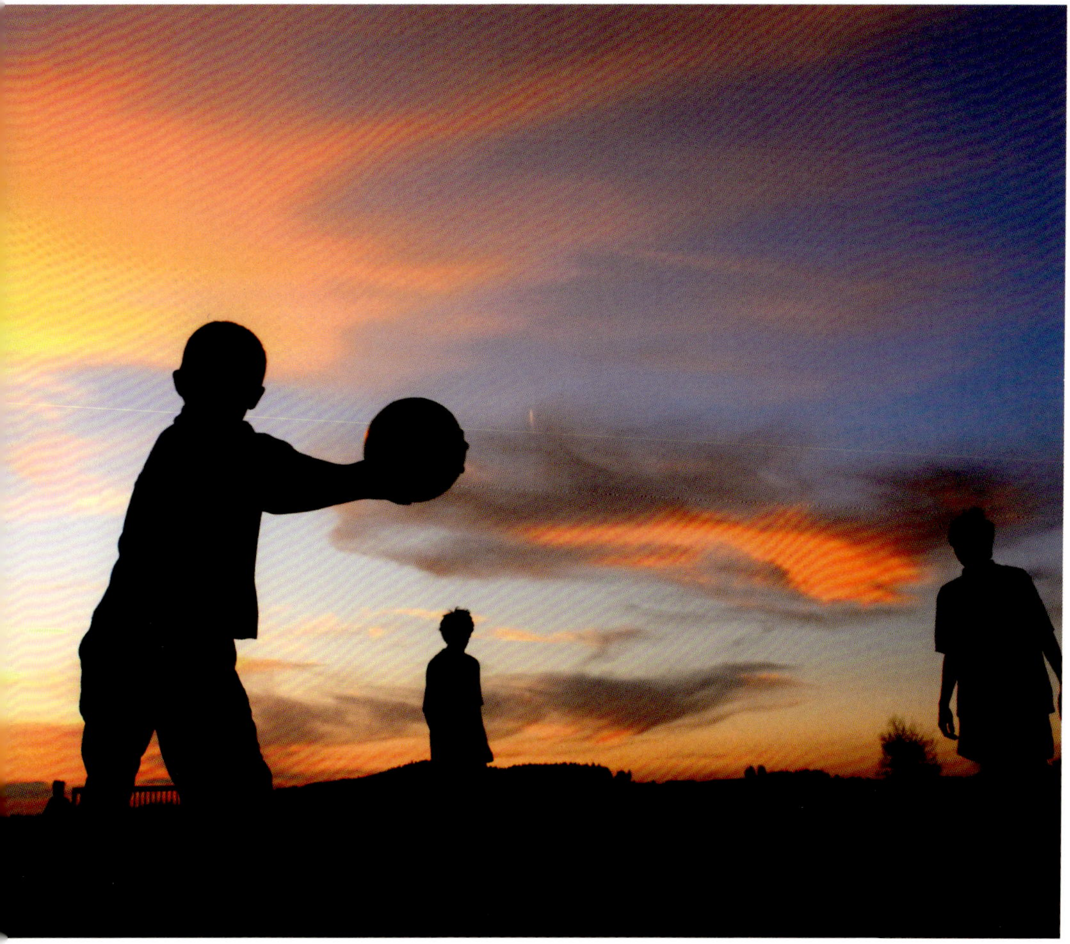

潭江里钓上来的大鱼，或是一包烟。遇上重要赛事，村里人也会在祠堂里摆上几桌，热闹一下。

在台山，村村有排球场，村村有排球队。在各个乡镇、村委会，大大小小的排球训练馆、体育场随处可见。郎平就曾评价说："我去过好几次了。排球在台山非常普及，最传统的就是光着脚打排球，非常精彩。20世纪六七十年代，有很多国手都来自台山。这里的男排比较流行，但是观众无论男女，观战水平都是很高的。"

排球之乡

台山话里有不少英文词的音译，吆喝村里人去打球，去"打波（ball）"，说球出界，是"凹赛（outside）"。台山是中国最早广泛接受排球运动与排球文化的地区之一。

1895年美国马萨诸塞州霍利约克市的威廉·摩根发明了排球，1905年传入香港、广州，1914年由在广州读书的台山籍青年引入台山。当地华侨发现此项运动可让子弟远离社会恶习，便积极鼓励子弟打排球。

1919年，台山成立了中国第一个农民排球组织"华利磨学会"（英文排球Volleyball的译音），至此，排球运动在台山迅速普及。1927年，台山排球比赛由12人，统一改为9人赛，并沿用至今。这也是如今台山民间排球赛是9人制的原因。

排球运动传入台山后，在华侨的参与和推动下，很快由群众性娱乐发展为专业性竞技。排球在台山扎下了根，开枝散叶，成为一项全民运动，培养了不少优秀运动员。

1923年起，赵善性、刘权达、曹庭赞代表的中国队参加了第六至十届远东运动会的排球比赛。前两届获得了亚军，后三届获得了冠军，从此台山排球誉满全国和亚洲排坛。中华人民共和国成立初期，台山球员分布在国家队、各省队，获得了广泛的关注。

20世纪50年代，《人民日报》记者撰文为台山冠以"中国排球之乡"的美誉。周恩来总理于1972年4月在广州二沙岛视察广东省体工队时也曾赞誉道："全国排球半台山"。

大江人精神抖擞，恐怕也与几代人的排球运动传统有关，似乎天生骨子里就有排球的因子。人们热衷打球、看球、评球，可以说，日常生活中无球不欢。

在《台山排球》一书中，曾记录过来自美国麻省理工学院一位教授的观点：排球在1895年发明于美国，被华侨带到中国，1928年台山人改变游戏规则，将排球比赛上场人数改为9人，这种赛制又重新从台山回流到了美国。

一颗小小的排球，跨越两个半球。时隔一个世纪，它所带来的文化交流颇为传奇，令人惊叹不已。

我们的旧日生活

水楼在大江墟镇南部，与陈边、沙浦、水步、长塘毗邻，听名字就知道是像模像样的水乡。据说，水楼村建村有五百多年了，祖先从公益迁来，是个以养鸭为生的大家族。为了养鸭，他们在水塘中慢慢筑起一个高地，以此为基础，建成一座小楼。楼在水中，村子也因此得名。

前些年，水楼村拆掉一面旧墙打算重修，却发现了一块重达一吨的石碑。石碑年代久远，清洗后，人们发现上面刻着的简图是水楼村的平面图。结合碑文推断，这块石碑上刻的是光绪八年（1882）水楼村立下的村规民约。村里一位九十多岁高龄的老人也称确实如此。

从石碑可以见到，早在一百多年前，水楼村的祖辈们就已经在村落建设和管理方面有了详细的规划，这块经历了百年风霜的石碑就是最好的见证。

如今水楼已不复存在。村里老人说，水塘里还留存着当年水楼的地基。村前的晾晒场边，老人闲适地坐着纳凉，几只狗横躺在晒场中间，人从旁边经过，顶多抬头瞅上一眼。

村子第一排房子是后来修的，建得最早的是第二排房。老人们说，过去盖房子，前后两排房子共用一面墙。这样重重叠叠，一个村子就向后延伸出去了。在村子背后，一大片竹林里供奉着玄母神，祖宗先人的墓地也在那里。

祖祖辈辈的孩子们在这里长大，吃饭、玩耍，去水楼旁的河塘游泳，又慢慢变成老人，依然在这里拜神、祭祀。老村静幽幽的，房前屋后藏着过去的记忆。传统生活依然在里面生长，走进其中一间房子，旧日生活像一本立体书，豁然打开，所有生活细节突然站立起来，充满感官。

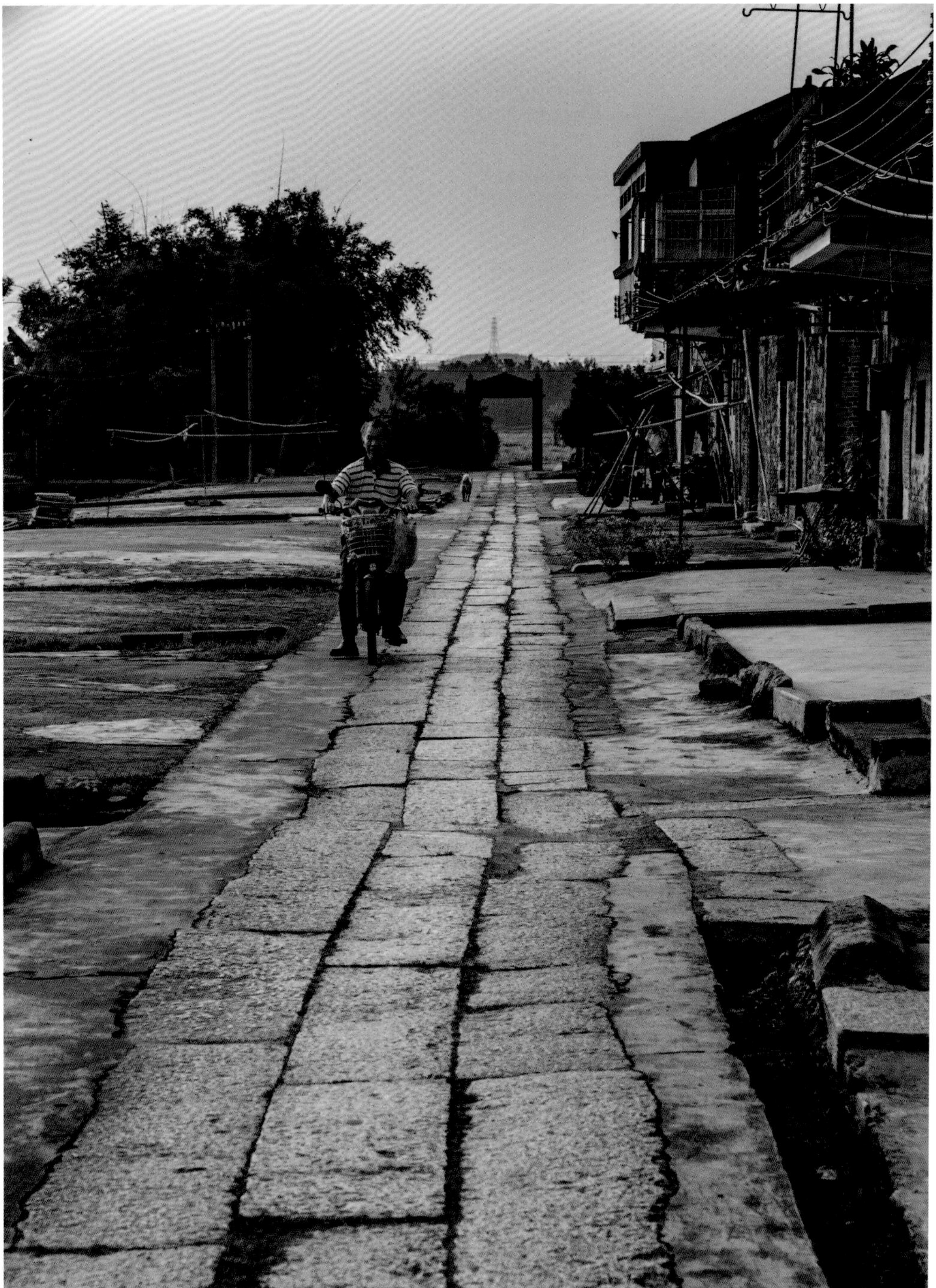

掘金者的后代

水楼村有一户人家，百年前，将这个小小乡村与美国掘金时代牵了一条线。19世纪中叶，大量华工进入美国加州淘金，随后又在北美修筑两条太平洋铁路，都与这户水楼人家的祖先李天沛颇有渊源。

1848年1月，美国加利福尼亚州美利坚河上发现了金矿，大批台山人带着"黄金梦"涌入加州金矿区。1862年，美国国会通过决议，修筑横贯中西部的太平洋铁路，第二年便开始动工。此后10余年中，赴美华工每年平均达21189人，台山等五邑地区的人占了大部分。

招募华工的任务交给早期赴美的台山人开办的承保公司来做。他们因利乘便，招募同乡人，这是大量台山人涌入美国的重要原因。这些经纪人里最著名的一位便是李天沛。

李天沛早年经商去了美国，在波特兰组建了公司，招募华工是其主要业务方向。他回到香港、台山招募华工，因为工作出色，后来成为加拿大铁路华工的主要承包商。大江水楼的乡亲父老，以及广东地区的许多华工，都是跟着李天沛去了美国。

如今的水楼，还保留着李天沛家的故居，他的后人住在这里。在这栋承载着旧日记忆的老屋中，能见到当年李天沛寄回的银信，以及大量当时中国人没见过的家用洋玩意儿。它们早已斑驳，却依然被后人珍藏在金山箱中。

与神共居

李天沛的后人李扑杰已经80来岁了，和妻子雷雪琼在老屋里生活了一辈子。同大江所有农村老房子一样，他们在门口挂着已风干的大蒜和桔皮。因为"桔"与"吉"谐音，寓意大吉大利，在年桔上挂红包，还有招财进宝的意思。红包一般挂到正月十五之后，桔子则风干了，橙色的桔皮一直悬挂在那里，倒是好看。

炎热的盛夏进屋，却有一股清凉袭来。这样的老屋冬暖夏凉，与当时的建筑设计有关。厅堂里开着天井，空气流通，消暑散热，也带来很好的光线。天井下方是一处水槽，下雨时，雨水便滴滴答答落到水槽中。无论厅堂或居室，都开着天窗，关上则可以隔绝风雨、遮挡阳光，打开时室内便自然通风，十分凉爽。

进门右手边便是厨房，一盏油灯供奉着灶神。常年做饭的油脂浸入厨房的每一处角落，像是给它包了浆。

往里走是厅堂，满墙张贴着菩萨、土地爷、祖先的画像与照片，以及其他不知什么神。落满尘埃的精致神龛也悬在二楼，让人感觉旧日的生活不在地上。绿色的黄瓜，黄色的柚子，淡棕色的草帽，红的泡菜坛子，花布做的冰箱盖头，和色彩缤纷的塑料凳子、篓子相映成趣，在一片灰黑色砖墙的映衬下，这些色彩都跃跃欲试，跳动起来。

每面墙上挂着至少一个神祇，让人应接不暇。问老人，这些神怎么供奉？有什么讲究？他们答得笼统。挂神这件事，对他们来说，似乎是越多越好，重复了也不怕。不论是天上还是地下，正屋正墙上，还是边侧小龛里，都一样敬重，一样供香油和贡品。

这一切是如此欢实，老的房子，老的人，他们的精神世界坦荡荡地反映到生活空间里，热气腾腾，充满期待。

人神同食

最热乎的当然是吃食，这是村里每家的大事。食物不仅是充饥之物，还提示着节庆、表达着对神的敬意。

正月初一，李伯和妻子会做年糕，摆上贡品桌。二月初二，她又带着一大家子做点心，如咸水饺、芋头糍。三月三则要吃乌藤丸，乌藤是一种植物，广东人讲究药食同源，用这种草药做成的食物，祛风湿又滋补。如今人们更愿意去市场上买，而李伯家还常常自己手作。

端午时节要包台山粽，虾仁、鲍鱼、新鲜的猪肉、瑶柱等馅料极其充足，饭量小的人一条粽子就吃饱了。李伯说，在过去，出海的人都会带台山粽，营养丰富，又不怕变质，贮存好几天也没问题。

到七月鬼节，便要煮菜，祭拜祖先，让祖先们吃好了出门远行。八月十五要庆丰收，孝敬禾神的银针粉少不了搓两盘。九月要吃千层糕，十一月要冬至了，汤圆包起来，拇指大小的汤圆不包馅料，而是放在糖水中吸足了汁液，香甜可口。

这些吃食，儿孙馋嘴，也要先上贡品，一个小碗一个小碟摆放得整整齐齐，让神仙们先尝一尝，才是旧日定下来的传统次序。

李伯家的阁楼里摞着几只金山箱，是李天沛寄给家人的，里面装着当时的新鲜玩意儿，铝锅、油灯、镜子和钱。这栋房子就是一百年前靠这笔钱盖起来的。

那座两米多高的镶金神龛雕花精致，旧时富人家才有财力这样雕饰。雷雪琼身穿蓝白祥云纹衬衫，站在神龛一旁，像过去几十个年头里一样，顺手拂去神龛上的灰尘。龛前三盏杯，一盆桔子树，还有几炷烧完的香。

在李伯和妻子的照料下，神龛和这间老屋完好无损，旧日的生活也得以体面地延续下来，以一种沉静而严肃的形态，走入人们的视野。它所蕴含的历史与生活细节，叫人难以忘怀。

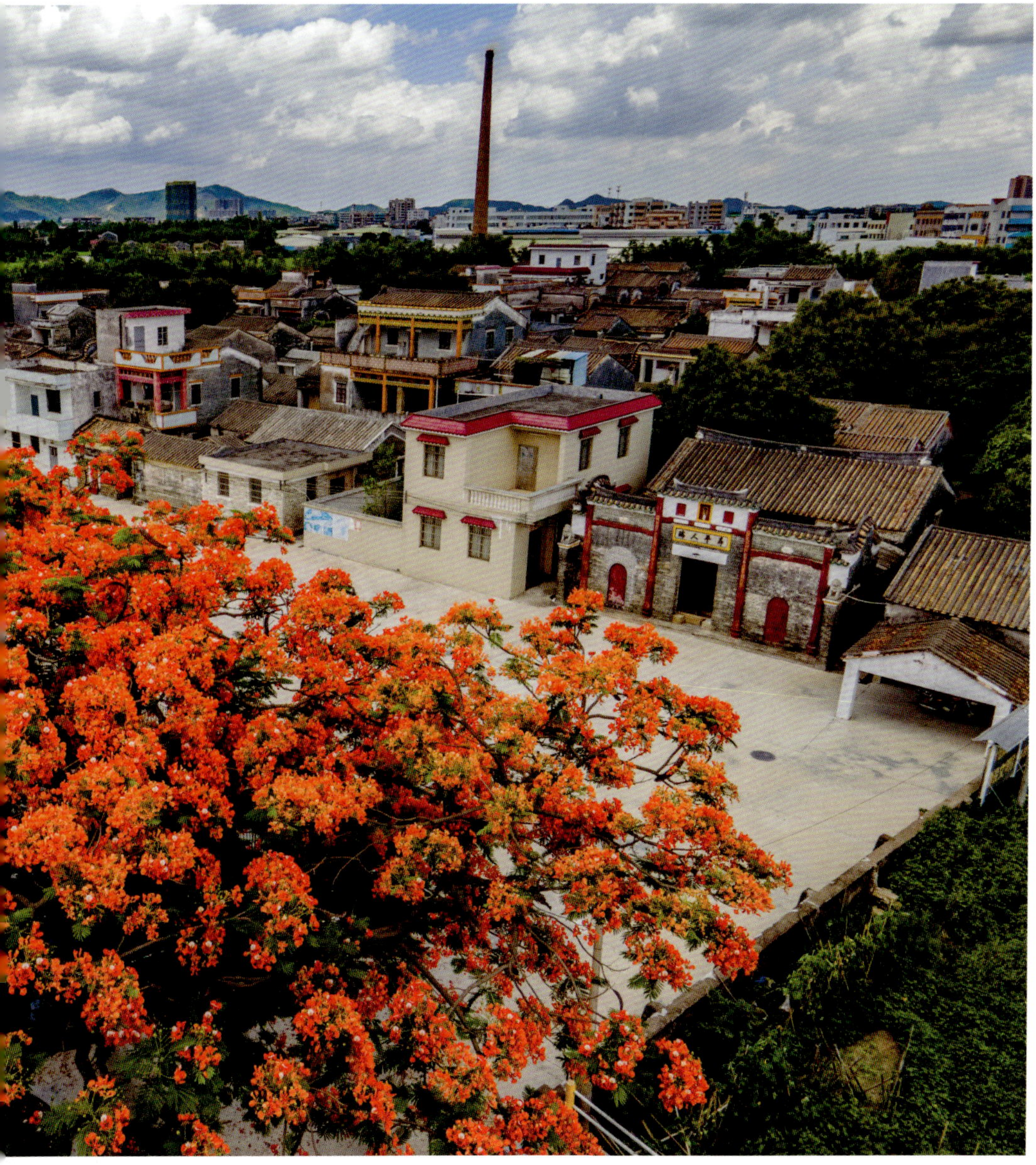

一缕时光
Chapter 03

归来

驱车驶在大江镇里，山海之间，河流两岸，有广阔的平原。天上是云卷云舒，道路两侧是良田绿地。

小径穿过村落，来到良田深处。远远望去，灰色"城堡"一般的建筑在平原上耸立，隔着几百米，也能看出这栋建筑的气派。

这是伍耀才家的碉楼，已有近百年的历史。出资修建这幢碉楼的人早已移民美国，但为后代和村子，留下了这座美丽的家园。

子弹飞不进碉楼

看过电影《让子弹飞》的话，周润发饰演的黄四郎家的碉楼，必定给人留下了深刻印象。事实上，碉楼是五邑地区的典型乡村建筑，集防卫、居住功能于一体，东西建筑元素拼贴出一种特别的样貌。在大江，还有一些碉楼建筑，作为文化遗产保留下来。

五邑大学广东侨乡文化研究院教授谭金花的论文提到："五邑侨乡大规模的建造活动集中在清末民初的四五十年间，而20世纪二三十年代为盛。"就在那个时候，伍耀才的父亲、大伯在美国开医馆，时逢大江社会动荡，盗贼猖獗，促使伍耀才伯父回乡兴建碉楼。

伍家的碉楼有5层，墙壁超过50厘米厚，门窗窄小，每层都有枪眼，楼顶还有瞭望亭，顶楼还有可以向下射击的枪眼。

伍耀才虽然年幼，但依稀记得自家的碉楼是当时村里最高、最安全的碉楼。匪患严重时，每到晚上，村中男女老少便到碉楼里睡觉。为了加强防范，村民还成立了自卫队，配了枪械，在夜间巡逻守更。

那个动荡的年代，碉楼充当了抵御外贼的防御工事。抗战爆发后，这些碉楼一度成为抵抗日寇侵犯的堡垒。许多碉楼还有另一个实用功能，便是避水患。发大水时，村民便都躲进碉楼里。

在建设碉楼中，华侨参考西洋建筑的元素，与岭南地区的建筑形式、装饰壁画和灰雕相结合，呈现出特别的审美情趣。人们爱自己的碉楼，会给每栋楼都起一个名字。伍耀才家的这座碉楼名叫修德居庐。

沿着狭窄的楼梯向上爬，可以看到楼顶处建造了一处漂亮的凉亭。这是当时富有者的身份象征之一。来到最高处的凉亭，似乎到了一个架空的世界，中西合璧的样式，让人有一丝不真切之感。

这里视野极好，潭江与大海带来潮湿的风，让每一个面向都极浓极绿。村里的民居错落有致，小道平整洁净，荷花在水塘里肆无忌惮地开放，景色美不胜收，让人好不自在。

故园风雨后

百年前，一位美国驴友用双脚行走于中国南方，写下了《百年前的中国》一书。当他来到四邑地区时，写道：

"住在四邑的人恐怕比大多数中国人胆子都大，因为他们中不少人当过海盗，而且在海边住了这么几百年，也并不畏惧海洋。这些地区之所以出了这么多移民，主要原因在于澳门和香港。从香港出国是很容易的，澳门以前也是如此。这几个县都是人口众多的地方，一旦有人开了头，便会成为一种习惯。"

一缕时光
Chapter 03

遇见大江 | 095

百年后的今天，情况却大有改变。人们不是要出去，而是要回来。在香港打拼几十年之后，伍耀才毫不犹豫地回到了自己的故乡大江，"这里比香港好，比深圳好，空气里氧气含量高。碉楼周围村子少，清净，特别适合我们老人居住。"

2008年退休，伍耀才回来一看，碉楼太久没人住，墙面长满了霉斑，窗上的铁柱也生锈了。通向碉楼的那条路，几十年来没有修缮，路上长了野草。2011年起，伍耀才开始一点点修复这座百年碉楼，试图让它慢慢恢复生机。

碉楼充满生气的岁月，是伍耀才的童年。现在回去，碉楼似乎并不耀眼。但当年，碉楼可是伍耀才心目中的摩天大楼。1929年起的楼，当时花掉家族三万银元，那是方圆十里最好的碉楼。

伯父20世纪50年代就举家移民美国，只有伍耀才家一直住在这里。20世纪60年代伍耀才结婚，又生育了4个小孩，孩子们也在碉楼里长大，几十年间，一家7口人住在这里。直到1979年，改革开放后，伍耀才追随母亲去了香港，太太和孩子们也一起搬走了。

现在院子里的果树还在，围墙里种满了黄皮、龙眼、芒果、荔枝……小时候伍耀才在园子里玩，爬树摘果，又或者去不远处的潭江里游水、捉鱼，运气好的时候，捉到两条就算改善伙食了。伍耀才记得，过去潭江里鱼虾很丰富，吃不完的鱼，就晒成鱼干，也是经年美味。

儿时的记忆让伍耀才决定回来，"前辈用很多心力财力才盖出的楼，如果破败在我这一代，那是我的罪过。只要有时间有能力，我就要把它修好"。

回来定居之前，伍耀才就有想法，回来一定要先修路。于是他首先发起，亲友捐赠，自己出资，又向大江政府求助，筹备了几十万元，修建了这条600多米的乡间小路。

接下来便是修复碉楼了。破碎的窗户，让雨水常年流进碉楼里沉积下来，没有及时清理，让碉楼内墙皮脱落发霉，家具也受潮严重。加之过去修建碉楼地基有轻微的问题，时间一长，楼体明显歪斜。伍耀才叫工程队来扶正碉楼，重新粉刷，添补家具，逐一修整房屋的细节。

像文物修复师一般耐心而精细地修复了十年，碉楼已有很大改善，"碉楼是文化遗产，我不能做改造。我请人修复成过去的样子，但不能创新，要保持它的原貌。"这是伍耀才的基本原则。

周末也有网红来拍照，伍耀才请人在院里坐坐、拍拍照，但一般不让人进去。碉楼四层的一扇窗外，角落里还有鸟筑的巢、下的蛋——这幢房子还有许多地方，容不得过多打搅。

永远是家园

居住在深圳的大儿子和儿媳也同伍耀才夫妇一并回来，照顾两位老人的起居。儿媳是湖南人，却爱上这间岭南百年碉楼。她利索能干，打理院落，种上瓜果蔬菜，藤蔓上的黄瓜、番茄一天一个样儿，吃不过来。

伍耀才的孙女正好也在，刚刚研究生毕业，在深圳工作。她和弟弟虽然并不在这里长大，心中却觉得这里才是故乡。在疫情期间，她经常回到这里，万亩良田环抱，鸟语花香带来的清凉，把人从深圳的快世界拔出来，给予天然的抚慰。

夕阳西下，儿媳换上胶鞋，往屋外水塘走去。她吹着哨子，上百只鸭子便从远处争先恐后地游来。这是晚餐时间，鸭子们呼呼哧哧地吃下粮食，又呼呼哧哧四散开，向远处游过去，身后的残阳被切成条条水痕，橙红的，金灿灿的，远方山影轻轻地抖动着。

回望碉楼，也披上了美好的颜色。此情此景，便是家园最动人的时刻。

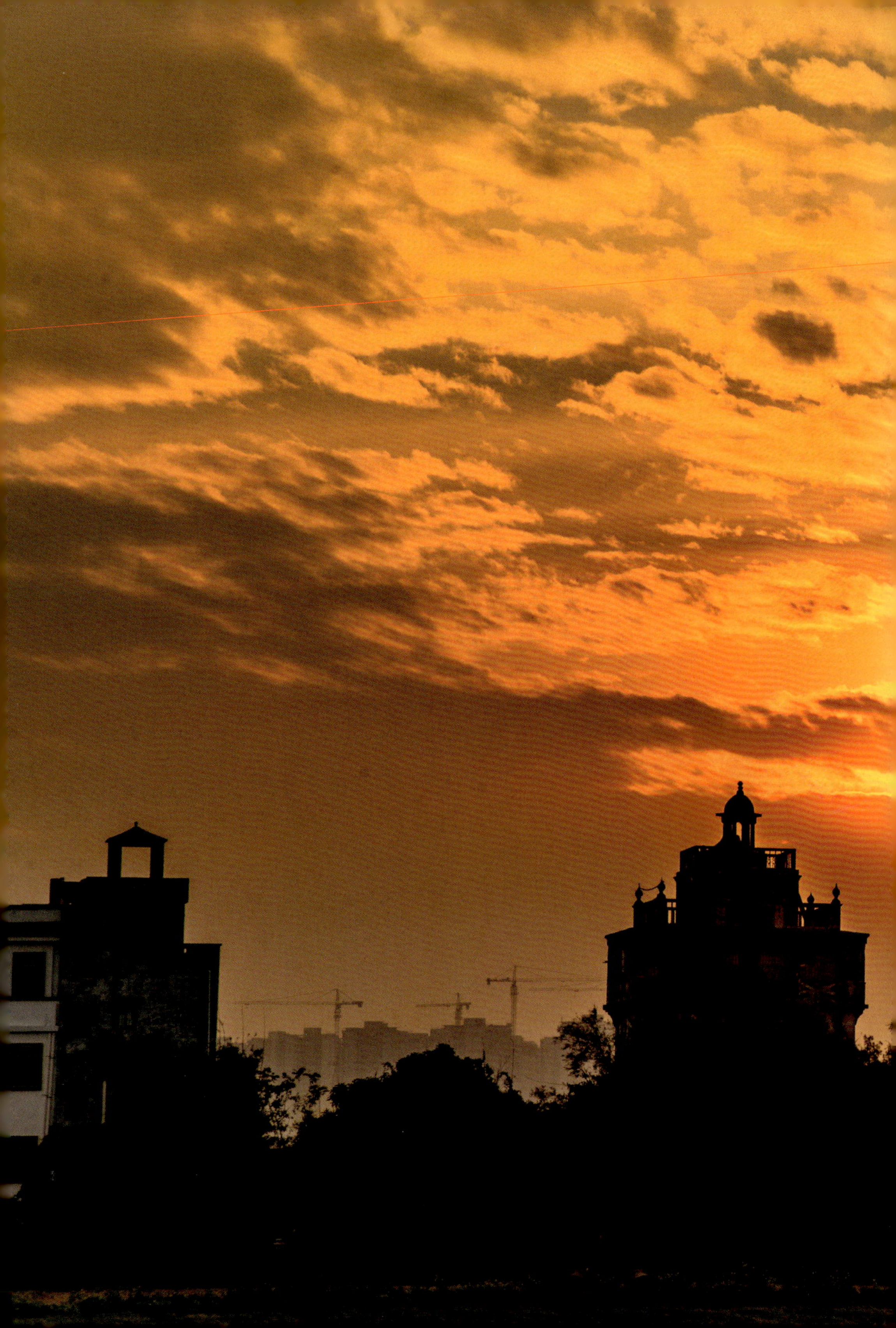

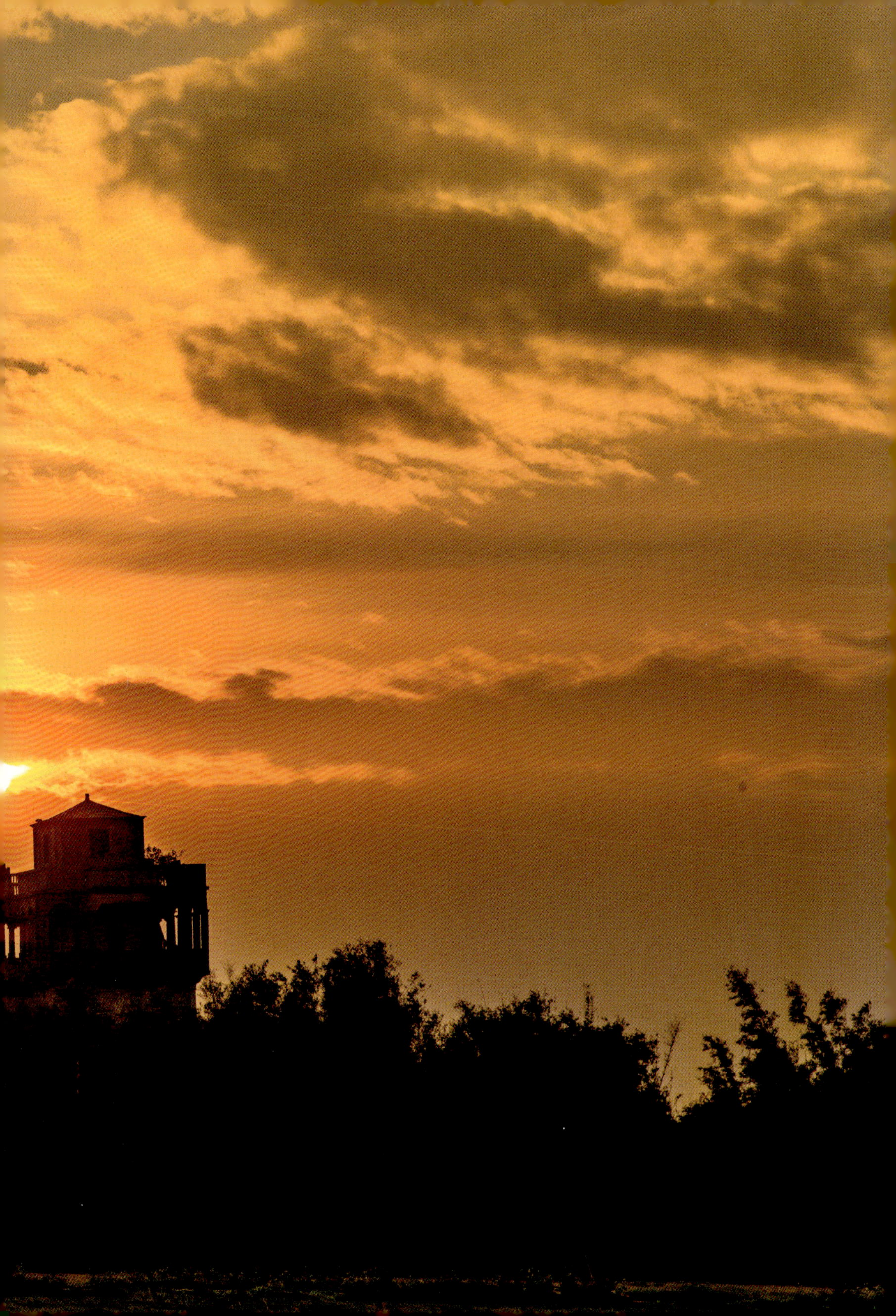

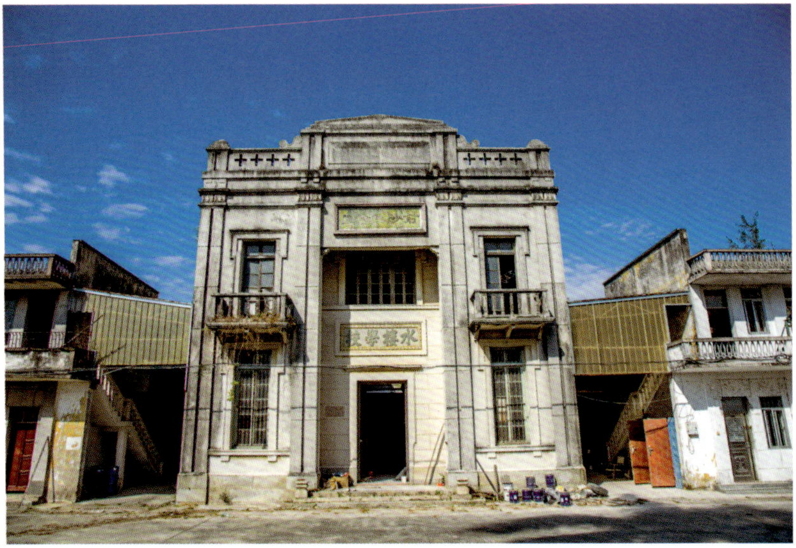
水樓學校

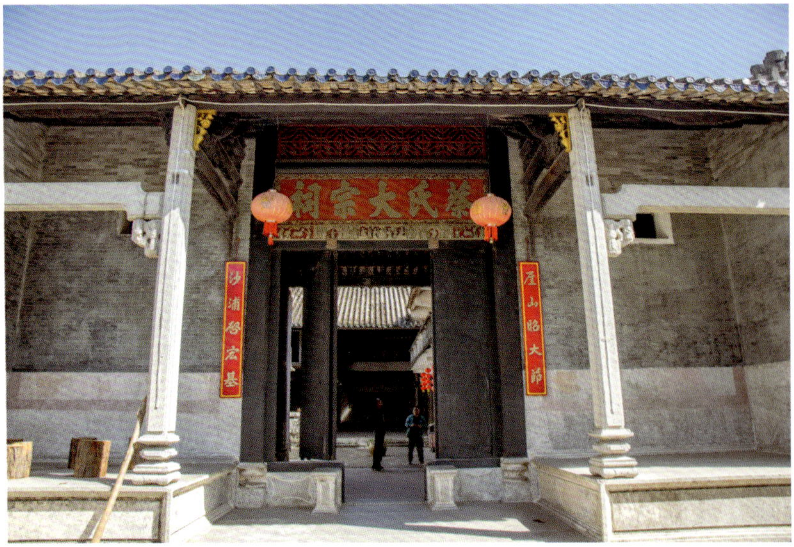
蔡氏大宗祠
沙浦啓宏基
屋山昭大節

TRAVEL TIPS
游玩知多点

水楼李氏祠堂

　　水楼村的主要宗祠为东乔李公祠，始建于明嘉靖三十年（1551）间，重建于2001年，占地面积约800平方米。此宗祠气势颇为壮观，正面大门口上面是大理石刻"东乔李公祠"几个大字，里面摆放列代祖宗之神位，供后人拜祭。

地址：大江镇水楼龙庆村
交通：可乘坐台城至公益811公交线路至水楼站下车即到，或自驾前往
开放时间：周一至周日
9:00-11:30,14:00-17:00

沙浦蔡氏大宗祠

　　沙浦蔡氏大宗祠（始祖祠）建于1415~1435年间，至今已有600年历史。蔡氏到台山沙浦已有700多年历史，蔡氏大宗祠作为台山沙浦蔡族的象征，见证了沙浦蔡氏的历代发展。沙浦蔡氏大宗祠是一座三进宗祠，门前大型雕刻石狮子立两旁，庭院用棱形石柱栏杆围拢，形制严谨。

地址：大江镇沙浦村委会侧
交通：可乘坐台城至公益811公交线路至沙浦小学站下车即到，或者自驾前往
开放时间：周一至周日
9:00-11:30,14:00-17:00

沙冲伍氏宋上柱国伍公祠

　　宋上柱国伍公祠始建于宋朝，1578年迁建于现址，记录着斗洞伍氏的成长与发展。祠堂共有三进，正门呈国字形，正门上方有红木横匾，大门两旁有对联。据伍氏族谱记载："上柱国伍公，名瑊，出生于北宋1097年，河南汴梁（今河南开封）人。宋高宗绍兴二十二年（1152），岭南始祖宋上柱国大将军伍瑊公壮志未酬，魂归客乡，奉旨葬于广东阳江象山。始祖母宋诰封一品夫人麦氏，坚志守节，抚养二孤，置田三万七千余石，遂成巨族。"

地址：大江镇沙冲嘴潮村
交通：可乘坐台城至公益811公交线路至沙冲站下车，沿村直入约1公里，或者自驾前往
开放时间：周一至周日
9:00-11:30,14:00-17:00

五星翰苑伍公祠

　　翰苑伍公祠石门上的题字是民国书法家于右任落款的书法作品"翰苑伍公祠"，具有一定历史价值，更是宝贵的历史文物。翰苑伍公祠于1930年开始修建，曾一度兼做村里的学堂。祠堂历经风雨洗礼，年久失修。2010年，伍建准以及一众乡亲筹资，重建这座充满回忆与情感的祠堂。

地址：大江镇沙冲嘴潮村
交通：可乘坐台城至公益811公交线路至渡头站下车，沿村直入约4公里，或者自驾前往
开放时间：周一至周日
9:00-11:30,14:00-17:00

*祠堂有专人管理,无须门票,游玩时间约半小时

一代匠心
Chapter 04

第四章 一代匠心

04

　　大江孕育着无数能工巧匠，探寻匠人背后的故事，有乡村木匠到岭南鲁班的传奇，亦有通晓树木性情的奇人。他们务实、灵活、勤奋、创新，为中国红木艺术发展扎下根基，将大江智慧贡献到更加广阔的华夏大地上。

一代匠心
Chapter 04

匠心润方圆，方圆见匠心

海南黄花梨灵芝如意纹翘头案、黄花梨月洞门棚架床、黄花梨嵌理石如意云纹圈椅、紫檀浮雕荷花纹大宝座……1000多款工艺精湛的海南黄花梨及紫檀红木古典家具齐聚一处，既显皇家富贵，又具文人清雅，展示出中国传统家具的艺术精华。这就是伍炳亮黄花梨艺博馆，一座位于广东台山大江镇的辉煌建筑。

它的背后，是一段乡村木匠到岭南鲁班的传奇故事。

伍炳亮黄花梨艺博馆展示了伍炳亮40余年收藏、传承和改良创新设计制作的传统家具精品。艺博馆的设计由伍炳亮亲自把关，八幢古典建筑采用北京故宫及王府的布局及风格，融合岭南建筑的独特元素。庭院则借鉴苏州园林的山水营造方法，打造出大气磅礴又气韵灵动的独特建筑群。

步入艺博馆的主楼，大厅里错落有致地摆放着各式黄花梨家具，每一件家具都是伍炳亮先生追求完美的传世之作。在这里，人们也逐渐了解了伍炳亮对中国古典家具的专注与热爱。

注定的良木之缘

艺博馆里展示着一整套木工工具。各种规格的锛、凿、锯被有序排列在墙上，与被拆解的榫卯构建、陈列的精美家具相映成趣，让参观者了解中国古典家具的制作过程。也正是这样的传统木工工具，开启了伍炳亮的木艺人生。

1953年，伍炳亮出生在广东台山的一个普通农民家庭，与那时绝大部分的农村孩子一样，摆在他面前的人生选择并不多。伍炳亮曾在舅舅的介绍下前

遇见大江 | 107

一代匠心
Chapter 04

往煤矿做临时工，每月18块钱的工作收入令他兴奋不已，但当他赶到煤矿时，他的名额却被别人占去。

在物质匮乏的年代，生存成为伍炳亮面临的最大问题。失去参军与务工的机会后，伍炳亮开始利用买来的木工书学习制作家具。初学木艺的他只能制作一些木工工具，到墟市上售卖。也正是这些木工工具，让他注意到以黄花梨为代表的硬木材料，为日后收藏、设计、制作黄花梨家具埋下伏笔。

1979年，成家后的伍炳亮揣着180块钱，开始了收购古董家具的生意。他骑着自行车，披星戴月地跑遍广东各个地方，从农村收老家具，再转卖出去，赚取差价。慢慢地，他开始对收来的破旧家具进行修缮，并逐渐领会到古典家具的美，也开始形成自己的审美标准，并对收来的土作家具进行大胆改良。

兼收并蓄，自成一派

伍炳亮的成功，离不开他的勤奋好学。就是现在，他仍然坚持每天早上七点到工厂，一直工作到晚上。他的兜里一直带着可擦拭的画笔，有了灵感就把草图画在纸上。

1985年8月，大型图册《明式家具珍赏》由香港三联书店出版，这是中国明式家具的著作第一次呈现在世界面前。痴迷中国传统家具的伍炳亮如获至宝，他彻夜研读，被书中经典的传统家具造型深深吸引。为了仿制这些家具，他在家乡开了制作明清家具的小作坊，根据《明式家具珍赏》中的经典样式仿制明清家具，并深受港澳客商的喜爱。

王世襄的著作并不能满足伍炳亮对传统家具的学习需要，为了买到更多权威的明清家具图书，他经常去香港书店淘书。有一次，他看中了一本明式家具图书，要价6000块，在那个年代这并不是个小数目，但是伍炳亮还是毅然买下。

长年累月地学习，让伍炳亮对传统家具有着异常的敏感，他可以瞬间抓住每件家具的优美之处，过目不忘。一次在一间餐馆，伍炳亮见到那里的一张椅子，款式特别，不由多看了两眼。当天回酒店，仅凭脑海中的印象，便把椅子的款式画了下来，并应用到家具的设计制作中。

兼收并蓄让伍炳亮形成了自己独特的理论。他对明清家具的造型、结构及文化内涵都有着独到的见解，提出了中国传统家具的评鉴标准和设计理念：型、艺、材、韵，得到业内的广泛认可。

1987年，伍炳亮建立了自己的古典家具厂——伍氏兴隆明式家具。伍炳亮将自己对传统家具的理解倾注在每件家具的创新设计中，在传承、借鉴明清古典家具的精华基础上，设计出具有伍氏兴隆风格的宫廷式家具作品。其作品因"型精韵深、材艺双美"的艺术特点，深受国内传统家具学者及收藏家的肯定与推崇。

不负南方嘉木良才

伍炳亮40多年来只专注于一件事，不负南方嘉木良才。遇到好的黄花梨老料，伍炳亮会毫不犹豫地收入囊中，并针对木料的特点进行合理的设计，制作出最精美的家具。

伍炳亮"十年磨一剑"，历经整整26载，终于设计制作出现存最大的海南黄花梨灵芝如意纹翘头案，这件翘头案就陈列在艺博馆主楼入门处。

这件惊世力作从选料到制作完成，可谓一波三折。1988年，伍炳亮挑出几根3.6米长的黄花梨老料，计划制作一件3.6米的大长案，遗憾的是，料开出来后出现了较大的裂缝，无奈之下只能将制作翘头案的想法暂时搁置。

伍炳亮并没有将开出来的木料移作他用，他坚信珍稀的木料就应该制作最经典的家具。功夫不负有心人，2014年海南遭遇强台风袭击，在受灾倒塌的老房中出现了两根3.6米长的海南黄花梨房梁老料。伍炳亮得知消息后，以高价买下两根老料，促成了一件传世家具的诞生。

伍炳亮不仅善于因材制器，也善于对家具进行改良设计，他的每次改良都让老家具焕然一新。一件土作越南黄花梨竹节纹大画桌，经过伍炳亮重新构思，精心改良，改造为明代家具的经典款型"明式黄花梨牙群霸王枨大画桌"，成为伍氏家具改造的经典案例。

命运并非机遇，而是一种选择。游走在艺博馆，人们从家具纹路中看到了流逝的岁月，也看到了坚持中的进取。

从乡村木匠到中国工美艺术大师，伍炳亮凭借自己对古典家具的热爱与坚持走出了一段传奇人生。

一代匠心
Chapter 04

遇见大江 | 113

一代匠心
Chapter 04

第一爱老婆，第二爱木头

去红木圈子打听，都知道伍国胜是这座小镇上通达树木性命的人。在大江这个红木重镇，有大量红木行业的人才、专家聚集，当同行因为选料、开料犹豫不决时，都会找伍国胜。人们知道，让伍国胜"诊断"一番，一块木料就能得到最好的利用。

伍国胜爱木头，远近皆知。他常说："我第一爱老婆，第二爱木头。"这两者相辅相成，构成了伍国胜人生中的全部意义。与爱人相伴，携手一生；而与木相伴，则是与自然为伍。伍国胜为此常研究大自然中的一草一木，试图了解所有自然之物的脾性，将这些知识体会内化成一套不可言说的精神资源。

做最爱的事，恋最爱的人

伍国胜走在自己的红木展厅中，T恤外套着衬衫，不过多修饰自己。被问起红木家具的工艺细节，他立刻进入执着而认真的状态，拿起榫卯零件给人讲解。他握着木料的双手也像两块木头，粗糙，略有残缺，那是几十年红木制作留下的伤痕。于他而言，那是生命的印记。

1949年出生的伍国胜只上过三年小学，家境困难，早早跟随做木匠的舅舅入了行。年轻时，白天在公社种田，晚上打排球。本想走体育路线，但思来想去，还是选择了做木匠。不论做什么，也不如锤炼出过硬的木匠技术，打造出好家具，让伍国胜身心愉悦。

"一辈子做不喜欢的事，也很难过啊。"他那种对木料的情感，似乎是天生的。

生在侨乡，总有几次去海外的机会。伍国胜难以抉择之下找了个庙抽签，结果是个上上签，签文说他留在本地，会"买木买成金"。他半信半疑，留在了大江，没想到这便是他一生红木事业的起点。

到23岁的适婚年龄，他遇到了老板娘，那是当时大江最好的高中里的女学生。他找媒人牵线搭桥，女高中生问伍国胜为什么看中她？伍国胜耿直地答道："你个子高，符合我的标准。还有呢，想在未来社会发展，要有文化。你有文化，我有技术，我们在一起能够补充对方的短板。"

那时没什么钱。伍国胜每天去市场上转，看见别人盖房子，就去推销木门窗；看见别人搬新家，就推销木家具。就这样，一点点打开自己的市场。每做成一笔生意，赚到的钱就交到时任女朋友的老板娘手里。在真情、人品、手艺等各方面攻势下，他终于让这位高中女生成为自己的妻子。

伍国胜时常把老板娘挂在嘴边，唯爱人马首是瞻。他常说，结婚之后，自己的事业才真正步入正轨。

老板娘会说话，人又温暖，她站出来，就是手作家具的发言人，人人信服，人人喜欢。二人齐心协力，攒下一笔钱，1986年开起了家具厂，雇佣工人来制作家具，生意也越做越大。因为用料讲究，技艺娴熟，人民大会堂也向伍国胜定制门窗。

如今伍国胜的企业里，有150多位资深工人，有不少人已经工作了20多年。伍国胜说："20世纪90年代，我们主要培养优秀的工人。2000年初，厂子里有许多双职工，我们的目标是培养优秀的家庭。现在，这些夫妻的孩子都长大了，我们的目标是供孩子们上大学，接受良好的教育。"

爱木料，爱家人，爱员工，他身上四溢的热情，极富感染力。

人间观察家

虽然没上过几年学，伍国胜却是个非常好学的人。从哪儿学呢？万事万物

遇见大江 | 117

都是老师。正如日本殿堂级木匠西冈常一所说:"技艺,来自你自身的灵感和对事物判断的自觉,而这些是需要在无数经验中慢慢磨出来的。"

年轻时去买木料,他在卖木头的老头摊位一坐坐一天,和他们聊天,听他们讲木料的故事。伍国胜找古代家具复原图来看,看不懂的地方就请教老板娘。他到世界各地旅行,到德国看工艺上的精确,喜欢欧洲和日本建筑的构造,一切都让他感到有意思。

直到老年,伍国胜仍像孩童一样保持着热烈的好奇心。去旅行,他都要去当地博物馆,认真仔细地钻研和记录。看见桥、看见建筑、看见自然,都会琢磨分析:为什么要这样建,有什么原因?每时每刻他都在思考,这些东西在家具设计里,能否用到。许多道理,他不是从系统性教育中学来,而是靠敏而好学悟出来的。

他要雕刻荷花,就去荷塘仔细观察,从早到晚,一天之内一朵荷花怎样变化。他不会想当然照着图片雕刻,伍国胜说:"那不是真实的,最真实的美永远在大自然里。"

树木的习性要去自然里看,在大江这样生态环境保持极好的小镇,不远处就是大自然,那是伍国胜学习的宝库。

树木的性情

伍国胜爱自然。展厅的一角,推门是一处面朝河流的阳台。花花草草和十几串绿色的芭蕉堆放在阳台上,花影狭长,苔草布满石阶,小河水在脚下流过,自然的气息就这样通过阳台引入室内。

伍国胜做家具,不打漆是其特点。不打漆就没办法掩盖,木头什么瑕疵都一目了然,所以选料要尤其谨慎。在他看来,木头要按照纹理、生长的样子去使用,才算是因材施作。

伍国胜经常去仓库看望木头,摸一摸,再聊聊天。他觉得自己和木头有感应，木头的话他也能听懂。他开玩笑说，常听到木头自荐："不要把我放在这里呀，我更适合用在那里！"伍国胜一般会"遵从"木头自己的意愿。

"自然有自己的属性，要找到它的优点，观察它，认识它，才能真的利用它。"一棵成材的红木生长了几百年，经年的风吹日晒形成了天然优美的肌理。树干每个部位的密度、硬度也有细微差别。他常去山里，了解每棵树生长的状况，了解每个枝杈生长的原因，渐渐读懂了木料的性情。

伍国胜说："讲究的工匠，在加工木材时不会将树木的癖性遮盖掉，反而善加利用，将木材的光彩发挥到最大。很多知识在书本上是学不到的，手艺人的学识，是靠身体力行积累出来的。"

伍国胜拿过一把圈椅举例，根据圈椅的体积大小，选一块木料，要保证一木一器。太多来源的木料结合在一起，收缩度和变化不一样，很快就会变形。圈椅一般做一对，所以，一对椅子得来自同一块木料，才能保证看上去协调，颜色和密度也匹配。木料的切割、制作到雕花、抛光，要经过许多工匠之手，一位成熟的工匠往往只深耕一两道工序。到抛光完毕，一块暗淡的木料便会熠熠夺目。

木材是活的，开料、制作成器物，长时间使用，它一直在发生变化。制作和使用中多多磨合，会影响木材的生命呈现。"我用这种慢方法去找木头、做家具，很多人会着急。但做红木教会我一个道理，欲速则不达。没有一个人着急能得到好结果，这也是自然给我的智慧。"

大江是伍国胜的福地，他从这里开始与木料展开对话。携手挚爱，与木为伴的生活，对伍国胜来说，就是生命意义之所在。

一代匠心
Chapter 04

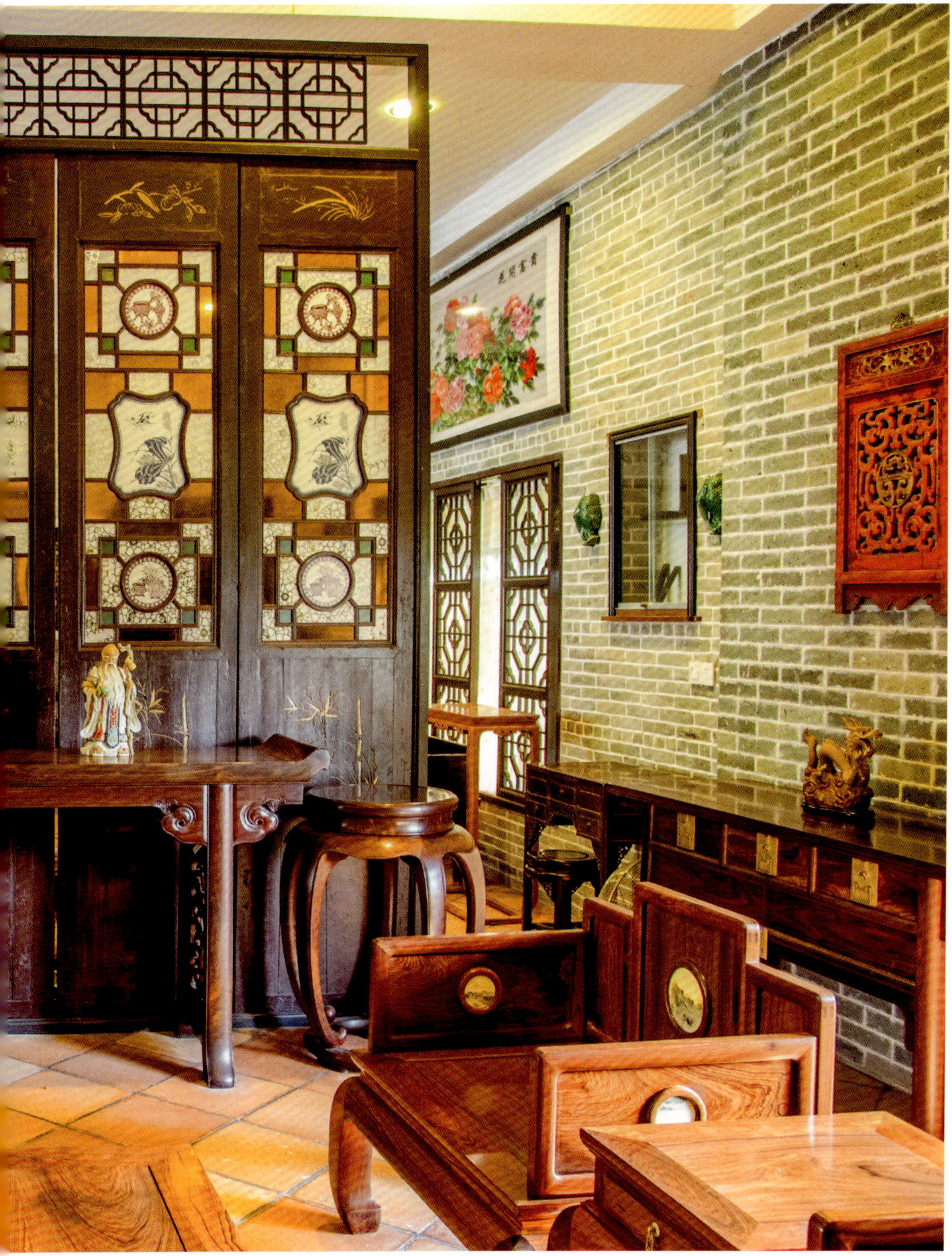

TRAVEL TIPS
游玩知多点

伍炳亮黄花梨艺博馆

　　伍炳亮黄花梨艺博馆位于中国著名侨乡广东台山大江镇。2014年始建，2018年落成，占地3.66万平方米，八幢古代重檐式楼宇对称布局，大气恢宏。馆内1300余款艺术精品，皆为著名工艺大师伍炳亮不同时期的代表之作，既有明清经典家具之传承珍品，亦有甄选海南黄花梨绝世良材之创新佳作。馆藏作品不仅展示了家具大师的造诣与传奇，而且，客观反映了当代中国传统家具的风貌与水准。

贴士：伍炳亮黄花梨艺博馆，游玩时间约2小时
开放时间：周二至周日 09:00-17:00（最晚入园16:30），周一不开放
电话：0750-7377693
地址：台山市大江镇新高铜线开发区9号
交通：可乘坐台城至公益811公交线路至大江镇政府站下车，沿明珠路直入约400米即到，或者自驾前往

大江渡头国胜木厂展厅

台山市大江渡头国胜木厂选用黄花梨、紫檀、大红酸枝等高端名贵木材，打造高品质的古典家具。其产品工艺精湛，比例协调，款型颜色搭配和谐，尤以精湛的表面处理见长，有较高的品质感。国胜木厂展厅内展品色彩及造型含蓄优雅，运用天然质朴的纹理，创造简朴高雅的氛围，推崇自然美学，力求表现悠闲舒畅的生活情趣。

电话：0750-5448551
地址：台山市大江镇渡头圩肉菜市场东北侧约110米
交通：自驾前往

俊辉红木艺术有限公司

台山市俊辉红木艺术有限公司主要选用黄花梨、紫檀、大红酸枝等高端名贵木材，是一家传承和发扬中国古典家具文化，集传统技艺、设计研发以及销售为一体的红木家具企业。多年来，俊辉红木艺术以匠心独到的设计和工艺理念，屡获殊荣，得到广大人群的认同及赞许。

电话：0750-5433188
地址：台山市大江镇江北大道252号
交通：自驾前往

一地风物
Chapter 05

第五章 一地风物

05

大江人对吃不凑合。即使是一粒米,大江人也将它做到极致。即使是一颗菱角与茨菰,大江人也仔细辨别其中微妙的差别。大江人对味道坚持,小吃一做就是三代人,茶楼一开就是上百年。自然的馈赠,让这些生长于大江的风物,跨越时间空间,历久弥新。

一地风物
Chapter 05

从一粒米开始

世界上有一半人口的主食是稻米，它不光是粮食，吃法更有千百种。人们却极少知道，这一粒粒不起眼的大米，从何而来。

中国是稻米的起源地，种植水稻的历史，可以说有"上下一万年"。长江中下游地区率先开始水稻种植，随着水利兴修和南方广大地区的开发，到唐宋之后，水稻就成了中国老百姓最主要的粮食作物。

水稻喜欢湿润温热的气候，珠三角地区对于水稻种植有得天独厚的优势。有个说法，广东是最不缺粮的地方。而台山市大江镇地处珠三角西南部，气候温和，雨量充沛，潭江及许多支流小河纵横交织，极适合种植稻米，这是自然对于大江人的馈赠。

明嘉靖二十四年（1545）王臣修、陈元珂编纂的《新宁县志》卷五《食货志·物产·五谷》篇中，记录了台山种植的水稻品种已达十多种。由此可见，台山种植水稻的历史至少可以追溯至四百多年前的明代。

今天的台山也是著名的鱼米之乡。在这片沃土上，稻菽如浪，平畴如织，得天独厚的自然环境孕育了优良的种子，长成优质的米粮。台山优质稻覆盖率99.86%，是广东省优质稻种植面积最大的县级市。广东粮食的平均自给率大概33%，而台山是少有的粮食自给且有余的县市，因此也有"广东第一田"的美誉。

米之后人

台山人对米有情结。一颗颗台山大米晶莹透亮，有香气，做成米饭软滑不粘，冷而不硬。筷子夹起几粒米咀嚼，软弹可口，清香四溢。爱吃米的台山人培

育出一些本地稻米品种，被当地人统称为"台山大米"。

水楼村的李国洋一家，几代人的命运都与稻米连在一起。周围远近都知道他，因为他是当地最早尝试机械化水稻种植的人之一。

水楼村地处浅丘陵地带，气候温和，土地肥沃，水资源丰富。这里不仅产稻米，还种植甘蔗、木薯和各种蔬菜。

李国洋今年65岁，他从十几岁起，就帮家里、生产队种粮。他早年在生产队开拖拉机，后来别人都出去打工或者出国，村里田产闲置下来。李国洋想："没

一地风物
Chapter 05

人种田我就来种田。"他喜欢种田，却绝不是固守传统的人。他有典型台山人的性格，敢于尝试新品种、新方法，钻研种植技术，提高产量。

改革开放后，村里根据户口，每个人分得四分田，家里人的田东一块西一块。把它们连起来，成为一块大田，才好使用机器。村里的稻田有160多亩，李国洋承包了70亩，因为都是机械化耕种，实际种田的人不过两三个。

2002年，李国洋就买了农用机械，一点点积少成多。他现在拥有三台收割机，两台插秧机，一台撒农药的大疆无人机，还有打田机。这些设备花了不少钱，但每年李国洋和儿子在农忙时去周边村镇帮人插秧、收割，也是一笔可观的收入。

李国洋的田平整漂亮，秧苗彼时已有四五十厘米高，四周围着电线，是防老鼠的。一旁树荫下放着各类农用机械，李国洋介绍，播种之前用打田机翻土、插秧机播种之后，进行土壤养分检测，适时用无人机播撒化肥和除草剂等，最后用收割机，一整个流程下来，几乎不用自己上手。

李国洋的田，大多时候亩产有900斤，晒干就是700斤。遇到虫害，也可能颗粒无收。几年前山竹过境，产量骤降，每亩只产100斤，还好那年买了稻谷保险，一亩地赔了600块。

作为现代农民，李国洋仍与自己的土地有着浓浓的羁绊。农闲时节，李国洋完全可以待在城里新买的大房子里，但他总不放心，时常要回来在田里走一走，看一看。在李国洋看来，再现代化的种植，也少不了心血的投入。

"我们是村子里唯一有飞机的,"李国洋当然得意,"我自己没读过什么书,机器拆下来搞不好就找师傅来修。我一边看一边琢磨,慢慢的,我的机器坏了自己都可以修。"在他的杂物间里,各种修理工具整整齐齐,颇有日本收纳的手法。各类线圈、轴承、电钻以及各种小工具,自有逻辑地陈列在那里,甚至还表达出一丝审美意味。

李国洋的妻子在一旁传授经验:"10月份的台山大米更好吃,因为生长时间长,雨水少,米的口感更'活'一些。"几十年与大米相伴,这是时间给她的智慧。

米之味道

大江稻田里,是台山大米的天下。李家收获的稻谷一般要卖到烘干厂加工,经过清理、去石、磁选、砻谷、分级等系列工序,才能到市场销售。

台山人吃米极其精细,还根据口感、米香、用法等综合品质分了优劣。其中,小龙粘、象牙粘是台山米的主要品种。

最普通的小龙粘丝苗米,口感软硬适中,清香自然,米粒短粗,色泽比较暗淡,留胚米比例也比较低。这类米没有经过精加工,平日家常饭食、煮粥非常合适。

稍好的小龙粘丝苗米口感就比较柔软,味道更为香浓,米粒更为细长、有光泽。台山人常说,这类米是台山大米里性价比最高的,家里做炒饭、煲仔饭最适合。

品质上乘的小龙粘米口感则是硬中带软,饭香持久,米粒细长均匀,有象牙光泽,留胚米比例中等。这种米口感是最硬身、最有韧性的,是台山黄鳝饭首选的米种。

偏软的小珍米,饭香持久,口感嫩化,米粒尖细均匀,不仅有象牙光泽,留胚米比例中上,喜欢吃"软饭"的人会更偏爱它。

顶级台山米是最好的小龙粘丝苗米和象牙粘,煮熟后口感香滑,晶莹剔透,香味十足。台山人常说,用这样的好米做任何东西,都绝不会让人失望。

米之食谱

　　米的吃食种类极其丰富，作为粮食能充饥，大米磨碎成米粉，能做米糕、糍粑、年糕，以及各式各样的甜品。米汤也浸出生活的味道，好喝，富含蛋白质。在大江，每家人都会把大米做出无数花样来。

　　台山乃至整个广东街头随处可见的黄鳝饭，其实是源自台山地区的经典美食。它选用本地黄鳝和台山大米为原料，加以姜丝、陈皮、葱花烹饪而成，味道极为鲜美。

　　大江人都知道，最正宗的黄鳝饭要用新捕来的黄鳝，拆骨取肉。地道的黄鳝饭，黄鳝肉用手撕成一条条，而不是简单切成几截，黄鳝的鲜香才能更好地融

入米中。翻炒黄鳝至金黄色，将米倒入，充分吸收黄鳝的鲜味后，黄鳝饭就出锅了。有经验的饕客们会在饭上桌10分钟后才掀开煲盖，香气让人一闻难忘，锅底那金黄的饭焦也让人期待。

大江人家家户户都有个小瓦罐，器型像是没有壶嘴的小茶壶。大江人不说，你肯定不知道它是用来煲粥的。选用上好的台山大米和焯过的猪骨放进瓦罐。事先烧热的木炭炉子里，待火灭后把瓦罐放进去，靠着木炭灰的余温给瓦罐加热。一个半小时后，瓦罐粥就熟了，放在炉子中保温。吃时拿出来，一掀盖，猪骨的精华与大米的香味交织在一起，香味扑鼻。这样烹出的粥比普通煮的粥口味有了微妙的提升，为了这小小的差别，人们可以驱车一小时去乡下农家喝一口粥。

外出的台山人，听到一样食物，必然心生挂念，这是故乡的代名词——银针粉。在大江酒楼吃早茶，银针粉总是最畅销的食物之一。当地产的粘米用凉水浸泡几小时，捞起来沥干磨粉，用开水搅拌，反复揉搓拧成团，用特制的"千孔粄擦"架在面上，将粄团压在粄擦上用力来回摩擦，便可擦出一条条手指长的粄条，调入锅中煮熟，再捞出浸泡在冷水中，晾干水分便可端上餐桌。有人还会配上肉碎、葱花、胡椒粉来煎炒，但许多年长的大江人，则喜欢银针粉原本的味道，什么都不加，晶莹剔透的银针粉，入口口感Q弹，米香伴随着咀嚼四溢出来，回味悠长。

米之乡愁

人类在漫长的时间中渐渐对食物产生了情感，食物本身也逐渐带有这些情感的内在意蕴。和大江其他地方一样，李国洋居住的水楼村，一大半人在不同时期去了国外，但人们依然眷恋故乡这些稻米做成的吃食。

米，就是大江人的乡愁。

春节，家家必用台山大米做成年糕，天神、地神、门神、灶神、土地神和石敢当前，总要放上一碗，燃几根香，算是对来年的祈福。香烧完，村里的孩子们

便迫不及待把贡品吃掉，也不浪费。

　　进村的门楼里，家族的祠堂里，供奉着土地爷、将军和祖先们，贡品里也常有米做成的点心。年节时候，大江人会去上贡品，再拜一拜。这是生活必要的仪式感，对许多大江人而言，也承载着大江人对五谷丰登、美好生活的信念。

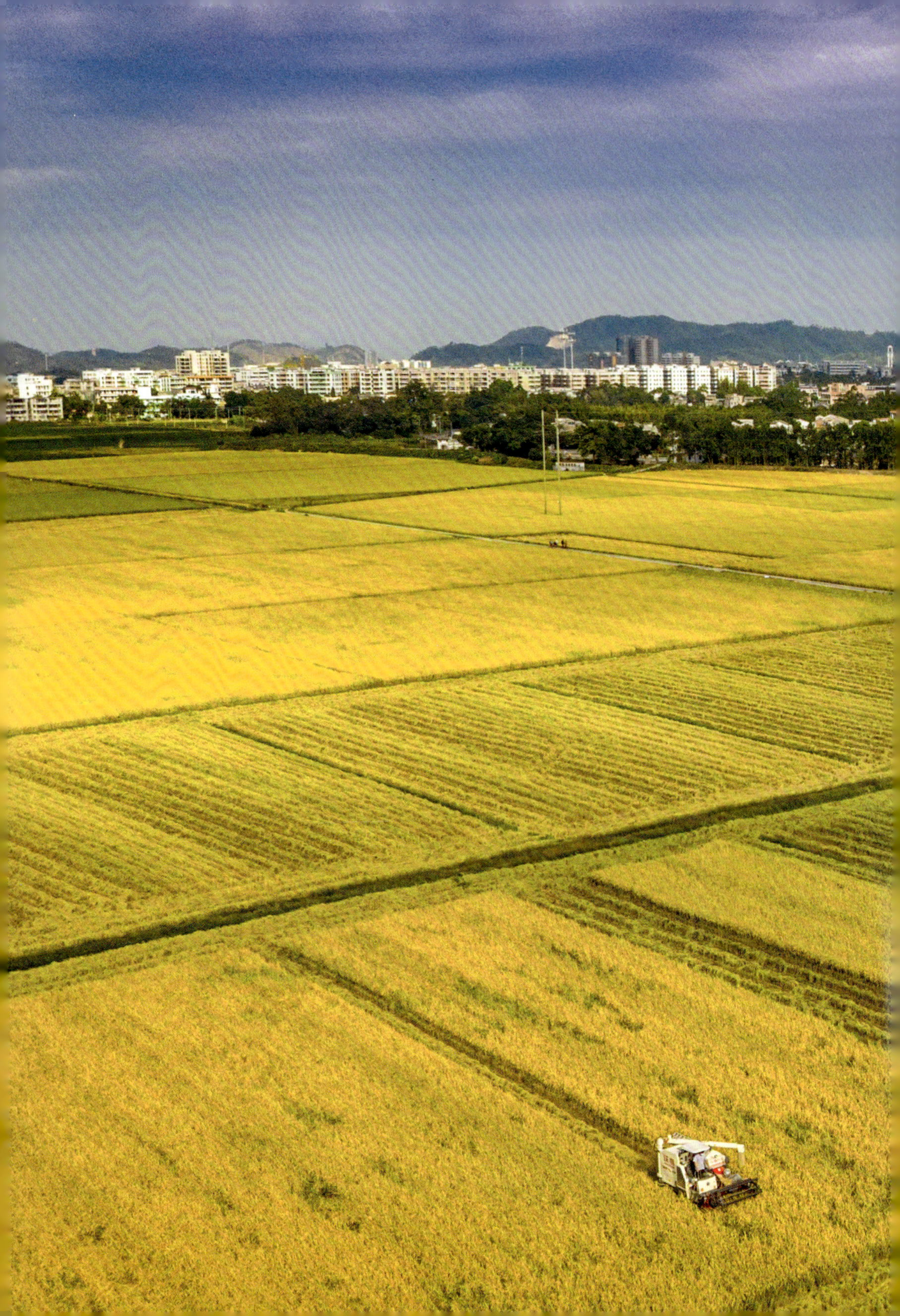

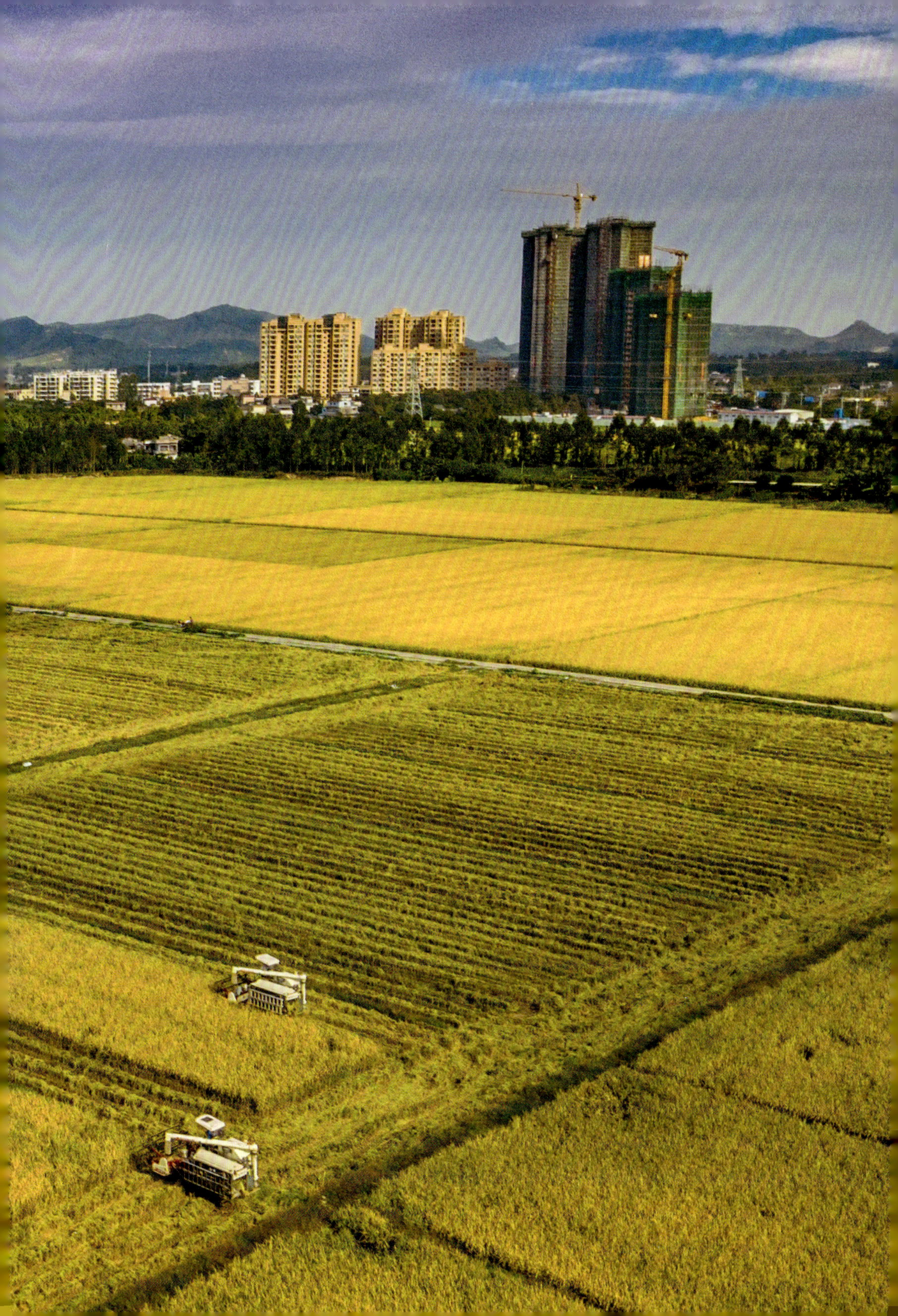

茶楼一百年

很少人知道台山美食的国际化程度。在美洲的唐人街上，大大小小的茶楼、酒楼里，最典型的口味便是台山风味早茶。因为最早移民美洲的中国人大多来自五邑地区，其中大部分又来自台山。

在大江镇，早茶文化也表现得淋漓尽致。大江人爱饮早茶是出了名的，当地人吃早茶也说"叹茶"，"叹"是享受的意思。叹一盅两件，是说要悉心享受一盅上好的茶，再配上两件本地点心，美好的一天就开始了。

早在清咸丰同治年间，广东街边常见支着摊位的茶铺，摊位前挂着"茶话"木招牌，几把木桌木凳，就开店迎客了。简单的茶水糕点，供路人歇脚谈话。后来又有了茶居，指的是隐者遁居之所，人们也来这里打发时间。

从路边摊到茶居，演变成今天的茶楼，大江人对早茶的热爱始终没变。周末常见大江人扶老携幼，约上三五好友，齐聚茶楼，一边饮茶一边聊天，漫长的上午就这样惬意地度过去了。

百年不变的味道

在公益埠，有一家开了一百多年的茶楼。在上海街与维新街交叉口，延绵不绝的文具店、日杂店之间，公益茶楼的招牌一不留神就会错过。如今，仍有不少年轻人来此打卡，在这家不起眼的茶楼，尝一尝百年前的古早味道。

周末早八点，宽敞的传统广式大堂早已坐满了人。一排巨大的窗户沿街大敞着，淡绿色玻璃与鹅黄色窗帘折射出岭南独特的气氛。珠三角气候炎热湿滞，屋顶的20多个吊扇同时运作，空气流通起来，让室内凉爽不少。

店里的员工忙碌不停，老板和老板娘围着围裙，同员工一样端盘送水，亲手切料、包水晶饺……一刻不得闲。茶楼里人声鼎沸，和公益埠略显冷清的街头形成强烈的反差，让人不禁怀疑，全埠的人怕是都来吃早茶了。

公益茶楼在民国时曾属于一位私人老板，当时的茶楼在公益埠已十分有名。中华人民共和国成立后，公益茶楼收编国有，公社时期属供销社管理。无论时代如何变迁，公益茶楼从未停止运营，甚至连名字也一直没变。

老板蔡伯韶今年60来岁，改革开放前他便跟着父亲在公益茶楼学做点心。妻子伍艳云当年在这里做工，彼此认定了对方，拍拖，结婚，生子，大半生都没离开过这座茶楼。直到2002年，夫妻俩把茶楼承包下来。

公益茶楼的好口碑，建立在百年不变的味道上。如今许多饭店已经使用现代化的方式烹饪，但公益茶楼依然以"最笨拙"的方式，保持原本淳朴的味道。

每天早上，夫妻俩要三点多起床，去市场采购原料。上好的猪肉要买五六十斤，节假日要一百多斤才够，再买各类蔬菜，回来后便开始备菜。马蹄要用双刀法砍出来，猪肉也用手切剁馅，肉质才紧实黏度也大，然后开始包食材，手搓银针粉……在老板夫妻看来，细节至关重要，也是这些微妙的经验，保证了茶楼食物的品质。这是百年公益茶楼的立店之本。

除了周边居民，许多人从外地专程来品尝。公益茶楼的食客都知道，来这儿吃饭得勤快点儿，坐在位子上是吃不到的，得去厨房门口排着队，新鲜出炉的食物眼疾手快自己端才能吃到，不然，又要等下一轮儿了。

情谊安放之所

公益埠居住的许多老人,从小就在公益茶楼吃早茶。他们带着孩子去吃,如今孙子也在这里吃。

李老伯常年和妻子来这里吃早茶。他爱吃排骨银针粉,连汤汁都爱。他的妻子则一定会点个糯米团。他知道,公益茶楼的糯米团不一般。店老板会挑选上好的猪隔膜,处理好的猪隔膜像一张薄薄的纸,用它将调味的糯米、马蹄、腊肠丁、葱末包起来,再放到两百多度的烤箱里烤,味道香浓。现在极少有茶楼这么做,毕竟一头猪才有多少猪隔膜,又这样费事,只有不怕麻烦的店还会这么做。

许多饭桌上都坐着老食客,有自己必点的菜。他们一边品味,一边与路过的老板娘聊天,夸夸今天哪道点心尤其得人心。李老伯说,如今好吃的东西很

多,但吃几次就腻了。而早茶他吃了30年,还在这里吃。

　　吃早茶的客人一般到中午就走了,茶楼供应一拨儿中午的快餐,下午不到四点,就要关门了。打扫完卫生,回到家已经七八点。到次日凌晨三点,新的一天又开始了。如此周而复始,一年到头不得休息。让人惊讶的是,老板夫妻已经坚持了40年。

　　这样的日子当然辛苦。老板娘想起年轻时怀孕还有十天生孩子,也依然在茶楼做工,孩子小时候就用带子背在背上,不耽搁茶楼的工作。

　　与其说开茶楼是门生意,不如说是夫妻俩的爱好和习惯。老板娘脚上得了骨刺,走几步脚就疼,她依然在茶楼里走个不停。问她何时退休,她答,等做不动的时候。又问,这是何苦呢?她答:"在茶楼做开心呀,一天很快就过去了,街坊们认识了几十年,每天都在一起,哪有比这更快活充实的事呢?"

　　这里的食物,似乎缠绕着更多的东西,那是热气腾腾的情谊。对茶楼的食客来说,公益茶楼早已不是一间简单的酒楼,而是街坊们必需的生活空间,和情谊的安放之所。

　　老样子,老工艺,老味道,总让人迷恋。习惯了,就无法割舍。这间茶楼凝聚了公益埠一百年的人气,一百年的好口碑,老板夫妻用尽一生去守护,让这份温情绵延不绝。

遇见大江 | 141

阿娇的桃源

潭江蜿蜒流过，它的无数支流像毛细血管一般孕养着大小村庄，沙冲就是其中一个。在大江墟北部，沙冲与山前、大巷、铁溪相邻，像大江所有水乡一样，四周被河涌与水塘包围着，水土肥沃。

沿着干净的乡间小路，左拐右拐，车窗外是青青的稻田，远处的山丘是绿的，风也成了绿的，沁凉了眼睛。恰逢雨后转晴，淡蓝紫色的云将要散开，天青色落到了河塘倒影里，正要仔细端详，游泳的鸭子把倒影打碎了，化作一圈圈波纹散开来。

走进沙冲，像是进入了梦境。

乡村的灵魂藏在吃食里

村前水塘的一角，就是阿娇的店了。它没有大张旗鼓的招牌，甚至没有显要的位置，而是藏在一隅，一个草木搭起的棚，一张桌，几把石凳。大部分时候，这里甚至有点寂寞，只有村里的小狗、鱼塘跃出的肥鱼偶尔会打破静谧。但阿娇的美食一出锅，村子都会因此热闹几分。

来到阿娇的店，坐在凉棚下，看着垂悬的果实，微风从水塘拂来，很快就凉爽下来。阿娇来上茶，不一会儿送来小碗黑芝麻糊，将台山大米和芝麻粉用糖煮出来，再冰镇上，一勺下去甜而不腻，芝麻香弥漫在嘴里，暑气瞬间消散。

阿娇身着简单的T恤，能干而敏捷，几句话的功夫，桌上又多了一盘番薯饼和钵仔糕。

大江人都爱吃钵仔糕，早在清朝咸丰年间成书的《台山县志》里就曾记录

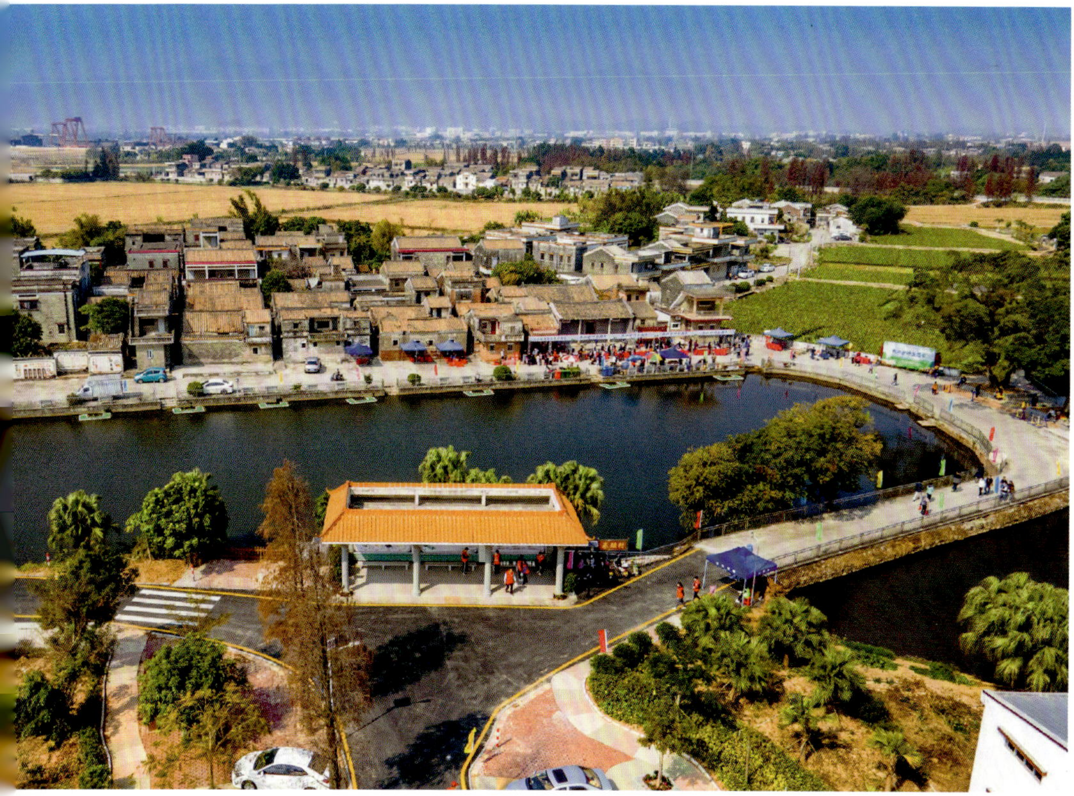

了台山人的偏好："钵仔糕，前明士大夫每不远百里，泊船就之。"

阿娇的钵仔糕，仍然是最传统的味道，晶莹剔透、爽滑可口、弹齿而不粘牙。村里人说，钵仔糕的口感"烟韧"，意思是有韧性不易断。据说当地情侣经常吃钵仔糕，也是取个好意头。

一杯茶后，阿娇又钻进厨房，开始做咸枕饼。村里人还记得，读小学时阿娇的奶奶就在学校门口摆摊卖咸枕饼。放学大门一开，学生们冲出来，咸枕饼的香味让孩子们欲罢不能，每天都想吃一个。

咸枕饼看似简单，要做得让几代人念念不忘并不容易。阿娇把事先发好的低筋面团捧出来，面里放了糖、五香粉以及其他调料。锅里放了油，等油热起来，丢几丝陈皮、生姜去试油温。油温合适了，将更多陈皮、生姜放进去，炸出香味。她将面团揪下来，随手一扯，放进油里，炸熟后迅速捞出，沥干，咸枕饼就出炉了。熟客们都掐着点儿开车来沙冲，为的就是一碗香滑的黑芝麻糊和热乎乎的咸枕饼。

更让人期待的是咸蛋酿糯米，这是老顾客才能享受的福利。阿娇将自制的咸蛋抠出小洞，把蛋白弄出来，再将腊肠、猪肉、大米塞进蛋里，放蒸笼蒸熟。这吃食做起来麻烦，阿娇并不每天做。她计划哪天要做，几点出锅，在朋友圈里吆喝一声，五分钟就卖光了。

菱角茨菰的江湖

阿娇的食客里，亮叔是天天都来的一位。亮叔60来岁，同阿娇一样，自小就生活在沙冲，熟悉这里的一草一木。

亮叔种菱角和茨菰，一年收两季。亮叔也没啥烦心事，但总是愁眉苦脸的，不怎么爱说话。阿娇的咸枕饼一块钱一个，他一次要吃俩，坐在凉棚下，就着村前这些养着菱角的水塘，喝上一杯茶。棚子下电风扇呼呼地吹，有时吃一碗黑芝麻糊，就算一顿日常"三点三"（台山话，意思是下午茶）。

吃完下午茶,亮叔去田里走一走。田埂上有荔枝、芒果和木瓜,木瓜熟了倒挂着,像愈加丰硕的乳房。这些树也是亮叔承包的。

亮叔觉得,种菱角和茨菰,是本能的事。父亲就做这个,爷爷也做这个,沙冲人祖祖辈辈再熟悉不过的东西,他早已不把这当作学问了。

每年三四月,亮叔就开始播种菱角。在接下来的100多天细心侍候,待到菱角叶肥美伸展,根部的菱角呈现饱满的元宝状,两个果喙尖锐坚硬,就可以采摘了。

菱角出水，沁着清香。亮叔把新鲜的菱角放到村里水塘和河涌的泥浆里浸泡大约一个星期，然后，再暴晒两三天。菱角的表皮就从红色变为黑色，果实也变成带着浓浓泥土香味的小粉团，清脆爽口。

大江的菱角一直有名，富含丰富的蛋白质、不饱和脂肪酸和维生素，皮脆肉美，蒸熟后剥壳就可以吃，当地人也喜欢用它来熬粥。

菱角丰收后，又开始种茨菰，茨菰的收成比菱角更好。过去沙冲一带几乎每个村都有人种菱角、茨菰，但随着人口外迁，如今在村里种植作物的大多是中老年人。

这些菱角和茨菰，有人统一采购，不愁销路。每逢茨菰上市的季节，大江的许多酒楼都会推出应季菜式，比如，腊肉焖茨菰、咸猪肉焖茨菰、猪脚焖茨菰、黄糖焖茨菰等。用茨菰烹饪出时令的味道，也是大江人对食材和季节的敬意。

想让茨菰绵软入味，除了注意火候和食材搭配之外，还有妙招。亮叔种了半辈子茨菰，深知其中奥妙：茨菰不能直接切块，用刀侧或者碗底轻轻拍碎最好。香芹和糖也是必不可少的，先炒后焖，甜、糯、咸、香集于一身，这才是沙冲的传统味道。老一辈大江人还认为，茨菰带丁(尖)能祈求新人早日添丁，有很好的寓意。

大江人对食物的挑剔，是这方水土娇惯出来的。吃惯了好东西，乡间百姓也能辨别出上乘的味道。那当然是在良田美景的富饶之地才能生出的见识。

小小的沙冲贡献了生长在乡村的美味，这些美味淳朴而具有张力。从事与美食相关的职业，始终是件幸福美好的事，阿娇如是，亮叔亦如是。

遇见大江 | 147

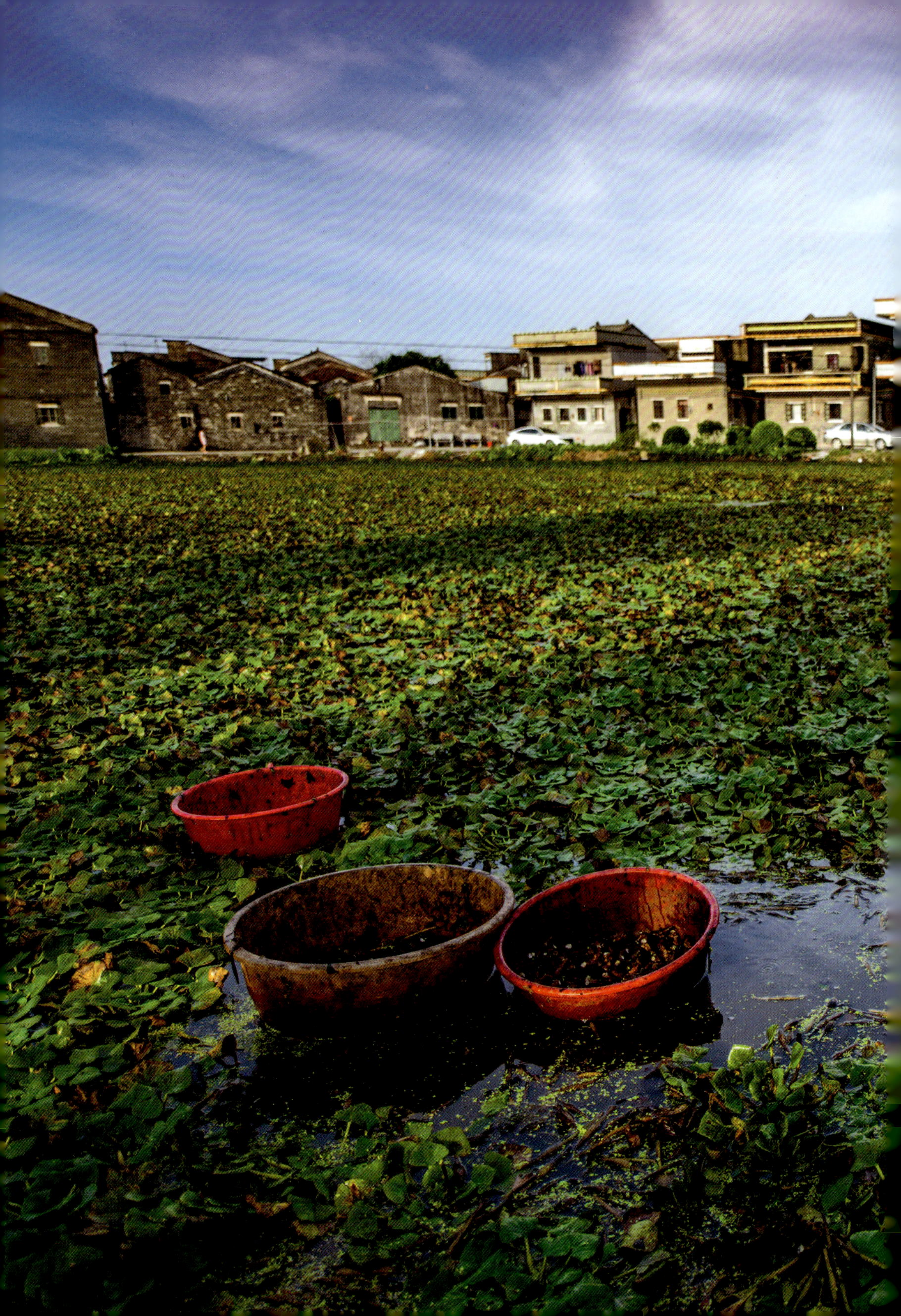

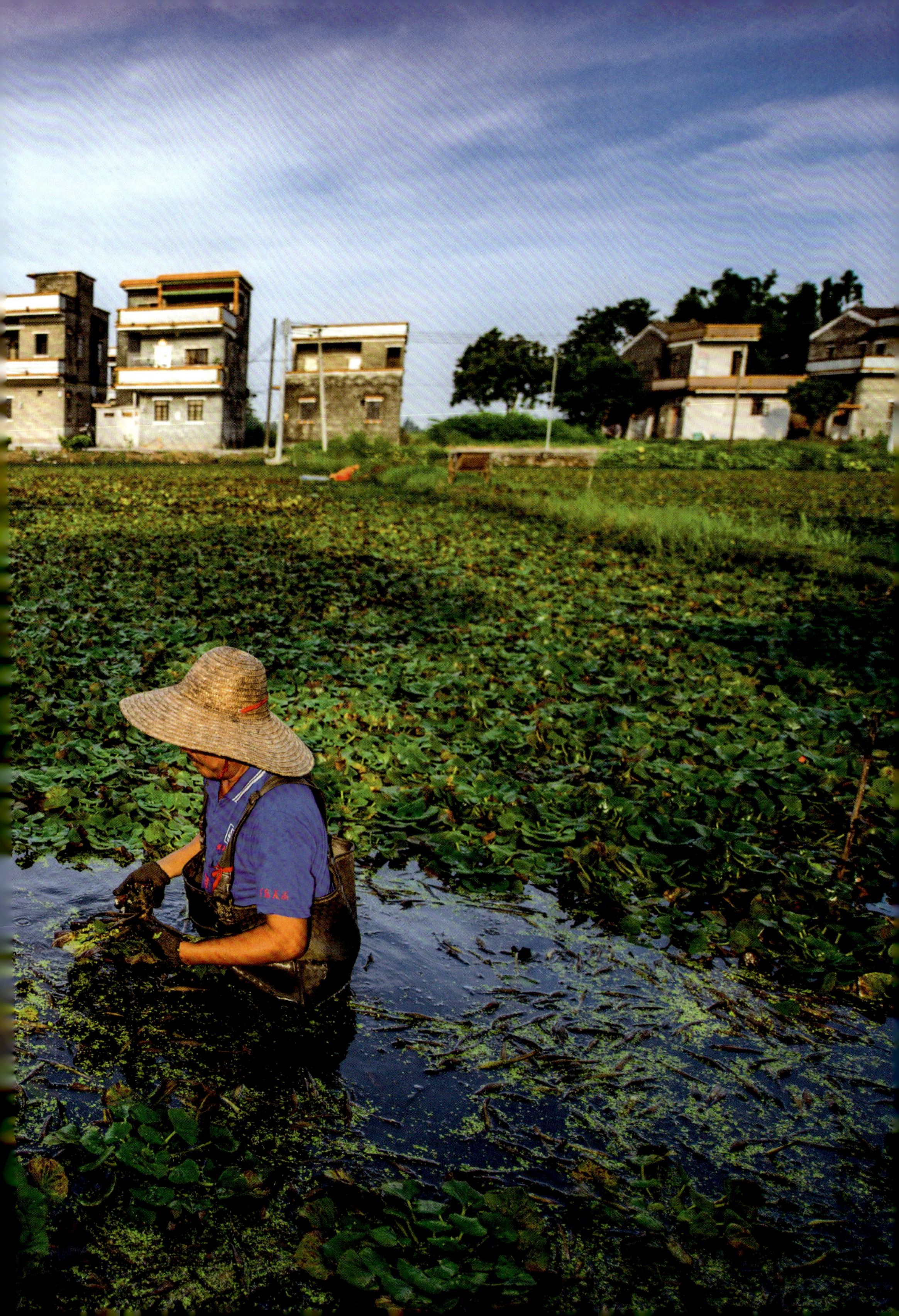

TRAVEL TIPS
游玩知多点

公益茶楼

　　这是一座有百年历史的传统台山茶楼。进入茶楼，一股浓浓的历史感扑面而来，让人恍惚回到小时候，被爷爷奶奶带着喝茶的年代。茶楼明显区别于装饰豪华的现代茶楼，其原料新鲜，选材地道，所有点心均为手工制作，透着满满的诚意和对传统台山味道的坚持。周末这里人满为患，很多周边城镇的人慕名而来。

贴士：在茶楼要勤快点，自己跑腿拿茶点。茶楼只做上午生意，去晚了就吃不到了
地址：台山市上海街与维新街交叉口东北50米
交通：可乘坐台城至公益811公交线路至公益站落车，或者自驾前往，有停车位
电话：0750-5411206
营业时间：周一至周日 06:30-13:00

明珠黄鳝饭

　　这是一家当地人气很高的饭馆，主打菜色是非常正宗的台山本地菜，入味清甜，出品颇有水准。尤其是他家的黄鳝饭，鳝鱼肉质很嫩很鲜，每一粒大米都浸润了黄鳝的鲜香，加上少许陈皮，入口香滑，层次丰富。别忘了饭焦，可以让人吃上三碗还意犹未尽。

地址：台山市大江镇江北大道287号
交通：可自驾前往
电话：0750-5436439
营业时间：周一至周日 9:00-21:30

隆轩酒家

　　隆轩酒家是一家老字号餐馆，主打台山本地菜，出品稳定，水准上乘。本地人喜欢在这家摆酒宴请宾客，招牌有台山黄鳝饭、河鲜、海鲜等。

地址：台山市大江镇江北大道335号
交通：可乘坐台城至公益811公交线路至大江镇政府站下车，沿明珠路直入约200米即到
电话：0750-5433666
时间：周一至周日 9:00-14:00,16:00-21:00

滨江河鲜

  若想在公益埠寻找美食,那么滨江河鲜绝对不容错过。这家深受本地人喜爱的河鲜馆,以价格地道闻名,味道和份量也超有诚意。在公益埠游览过后,坐在潭江边历史感满满的骑楼下,品尝鲜美河鲜,也是人生一大享受。

地址:台山市大江镇公益古埠上海街和苏杭街交叉东50米,沿着上海街往北直走即到
交通:可乘坐台城至公益811公交线路至公益站落车
时间:周一至周日 9:00-21:00

小香村美食

  这是一家农家乐风格的乡村饭馆，主打正宗的传统台山乡村美食。在这里可以品尝到食材新鲜、品质很好的台山菜。其招牌铁锅饭和黄鳝饭新鲜可口，水准上佳，颇令人惊喜。

地址：台山市大江镇273省道东50米
交通：可自驾前往
电话：0750-5447238
时间：周一至周日 9:00-21:30

沙冲娇姐美食

地址：台山市大江镇沙冲村
交通：可自驾前往
电话：13630472812（娇姐）
营业时间：周一至周日 9:00-18:00

　　风景宜人的台山乡村中，藏着一家传承三代人的小食店。在传统村庄、鱼塘、水田之间，一个草木搭起的棚，一张桌，几把石凳，这样简陋的配置，每日也吸引着无数食客前来品鉴"三点三"。品尝娇姐用最地道的原料、最原生态的方法，精心烹制的农家美食，感受食物之中蕴含的自然之美。娇姐的拿手美食有台山大米和芝麻粉做成的芝麻糊、晶莹剔透又爽滑可口的钵仔糕、番薯饼、咸枕饼、咸蛋酿糯米、猪隔膜裹糯米团、煲仔粥等，如要品尝，最好与本人预约。

一方兴起
Chapter 06

第六章 一方兴起

06

珠江潮起，大江人身上顽强拼搏、勇于尝试的精神再次苏醒。以新的文化形式和商业模式，从多个角度挖掘华侨文化的美和价值，让人体会到这座小镇的美与真。百年沧桑之后，大江重新生出新的生命力。

一方兴起
Chapter 06

从过去看见未来

大江人对红木的热爱融于风骨血液。这样的热爱，世代传承。

在这里，几乎家家都有红木的家具和用品，大到书桌、衣橱，小到一把檀香梳子。受到红木的滋养，大江人也养成了从容大气的品性。

现代，在城市里生活久了的人们，见多了钢筋水泥、玻璃幕墙以及金属材质的用具，来到大江，就会有种久违的亲切感。大江吸引着那些渴望回归自然的都市人，也吸引着热爱红木家具和红木文化的人们。

更贴近人间烟火

"是因为对红木有一种特殊的情感。"张伟华坦言，小时候家里有人是木匠，用粗糙的双手，操着一把锯子、一把刨刀，桌椅家具就被制作出来，模样好看，使用方便——"死"木头经过巧手搬弄，就这么"活"了过来。

遇到好闻的木头，年幼的张伟华就会凑上前去深嗅，任红木的香味穿透心脾，在体内散发出洁净纯朴的气息。

几年前，张伟华来到大江，凭着过硬的工作能力掌管江山多骄国际文旅展贸城。浸润红木行业多年，张伟华对红木的了解更深，也越发痴迷。大江有多少家红木家具厂，有多少个能工巧匠，他都如数家珍，"我喜欢红木，因为它真正走进了人类的生活，更加贴近人间烟火"。

许是受到这人间烟火的熏陶，很多来到此地的人，都是抱着"玩"的心态。走进江山多骄国际文旅展贸城，人们不疾不徐，随意逛逛新开发的侨小镇，在毗邻的"唐城"品尝地道的台山美食。他们的脚步少一分急促匆忙，脸上

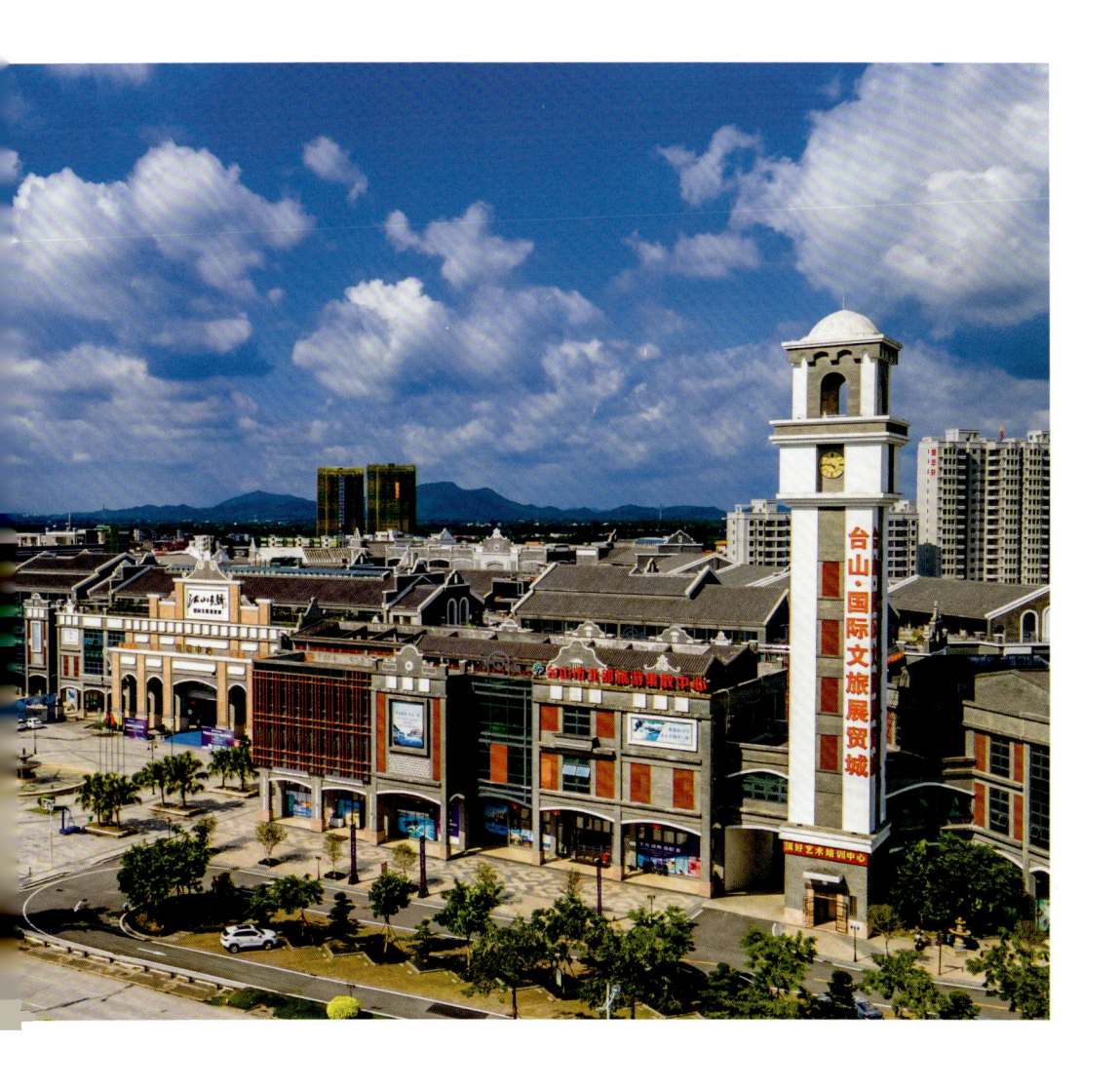

遇见大江

多一分气定神闲。

　　江山多骄集中国鉴藏级红木艺术和技艺精华之大成，走入其中，琳琅满目的红木家具展现在眼前，独具匠心的设计让人叹服。挑个小摆件吧，送给爱人或者女儿；挑个凳子吧，给家里老人剥毛豆用；挑张床吧，祝贺亲友乔迁之喜……或者什么都不挑，只是随意逛逛，大饱眼福，亦是快哉。

　　为了传承和推广红木文化，大江镇利用传统红木家具独有的艺术魅力，打造出颇具文化特色的红木产业，形成一道亮丽的文化风景，更涌现出了伍炳亮黄花梨艺博馆、江山多骄等集展览、销售、文旅于一体的商贸和人文旅游新坐标。

惊艳的转变

　　有人说，一座城市的精神，往往藏在城市的"口袋"里。而侨小镇就像一只小口袋，浓缩着大江的美。

麻雀虽小，五脏俱全。侨小镇融合吃喝玩乐、休闲娱乐于一体，仔细观察，会发现这里的设计值得玩味。

整体建筑由上海世博中国馆设计者——何镜堂院士团队负责设计，融入了岭南地域和侨乡特色的骑楼建筑与园林建筑风格。从空中看，侨小镇的布局如同一颗颗串联起来的珍珠，在打造优美景观环境的同时，植入特色产业、主题餐饮、酒店游乐、研学旅行等各种应用场景，不断丰富和完善宜居宜业的生态空间。

诗意的栖居，是美好生活的基石。张伟华提到侨小镇，脸上露出一分得意。在他眼里，侨小镇不是传统意义上七拼八凑的休闲度假区，而是一个优美的生活空间。

张伟华指着环形游泳池，比划道："游客推开门就是泳池，一步就能到游泳池。"这里各种户型的公寓房，能充分满足家庭度假的需求。

作为侨小镇的规划者、建设者和管理者，张伟华有着非常佛系的一面。下班之后，他会跟三五同事、好友享受美味。作为一名真的吃货，张伟华品味之余还在思考，如何把美食跟侨小镇完美融合。

张伟华掰着手指，历数着台山"一镇一特色"的美食招牌：黄鳝饭、海宴牛杂、四九牛骨汤、奄仔蟹、泥虫粥、五味鹅……在侨小镇，他计划通过新模式的风情食街场景，加入小吃餐饮、农产品贩卖等环节，为小镇注入新活力。

"等这里完工了，不仅可以吃吃逛逛，还能拍照打卡，蛮有网红潜质的。"张伟华对这片土地有着热烈的期待。

中国人讲究"天时地利人和"，商业成功的要素也是如此。从过去单一的文旅展贸城，到如今集红木产业、酒店娱乐、休闲度假、餐饮仓储等为一体化的文旅产业集群。集百业之兴，侨小镇大有惊艳之势。

"我相信，未来侨小镇一定会崛起，成为大江的新地标。"张伟华的眼睛里闪烁着光芒。

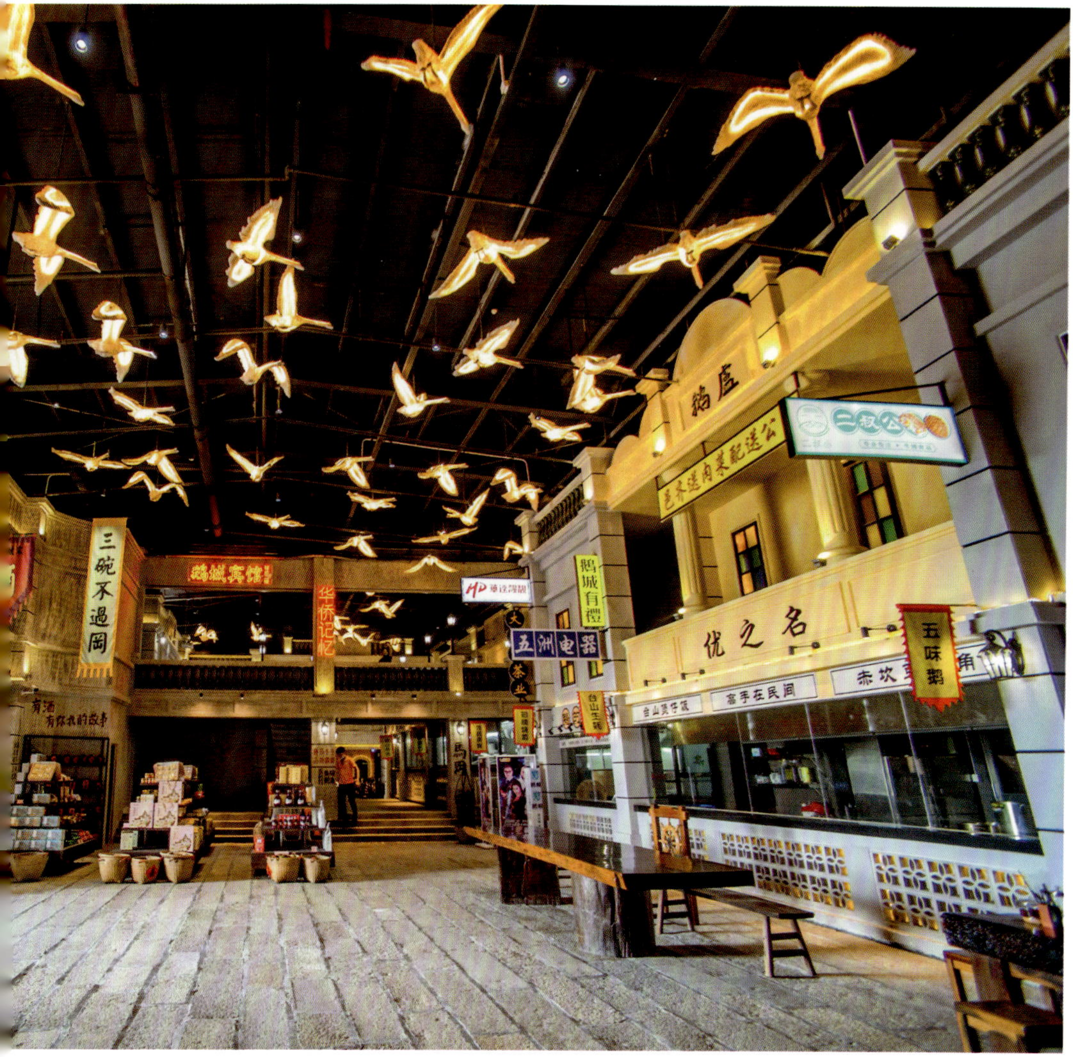
三碗不過岡
华侨记忆
五洲电器
鹅城有禮
二叔公
五味鹅
富手在民间

一方兴起
Chapter 06

在下古发现乡村

陶潜在《桃花源记》中描绘了一个自然环境美好、民风淳朴、人人安居乐业的世外桃源。然而，结尾处"后遂无问津者"，令人抱憾，回味无穷。

人们不禁会问，真有这样一个远离世间的秘境吗？在大江下古公园，这里的居民离这样的生活并不遥远。

下古的诗意生活

每到周末，下古公园都热闹非凡。人们在大棚里采摘瓜果、田野里野炊、水库边钓鱼、林间小道散步……在下古，每处都是极大的享受，随意驻足，就能感受到"采菊东篱下，悠然见南山"的诗意生活。

沿着环村绿道进入石桥村，抬头见山，低头望水，静谧质朴的下古公园就在这山水之间。沥青路面整洁干净，放眼望处，远处是水生美人蕉矗立的花海，近处是富有童趣的动物雕塑。感受到翻天覆地变化的村民们，不禁竖起大拇指，脸上的笑容藏也藏不住。

听村里的老人们说，以前这里的环境并不乐观，"垃圾随意丢在路边，厕所也不方便，一下雨路就很难走"。

为了推进公共空间清洁美化，做到治理无死角，包括下古公园在内的石桥村连片五条村落掀起一轮"三清三拆三整治"改造，实施农村厕所革命、垃圾革命、污水革命。2018年以来，下古公园通过发动企业、乡贤及海内外乡亲、群众开展环境整治，使旧貌焕新颜。

"既要做好公共基础设施建设，也要保留'阡陌交通，鸡犬相闻'的田园

生活。"这是下古公园改造的初心。

如今,下古公园彻底告别了昔日道路泥泞、旱厕蚊蝇乱飞、垃圾堆积、线路杂乱的问题,天空、道路、照明、水系、村庄环境都井井有条,绿树成荫,鸟语花香,处处生机盎然,绘就一副人与自然和谐相处的田园画卷。

石桥村连片五条村落的改造,使得美丽宜居示范村建设初具规模,2020年被评为江门市宜居村庄。出门有公园、垃圾分类放、村口有图书馆、晚上可以休闲健身……环境整治也让广大村民的生活习惯发生了变化,也为这里的生态旅游带来了经济效益。

一方兴起
Chapter 06

夜幕初临，下古公园的灯亮了。在夜色与灯光的辉映下，一个崭新的休闲空间展现在人们眼前。村里的老人感慨万千，"现在每晚带着孩子出去散散步，呼吸新鲜空气，别提多幸福了"。

用美学重构生态空间

王国维指出："一切之美，皆形式之美也。就美之自身言之，则一切优美皆存于形式之对称变化及调和。"

下古的美，美在其变化和协调。

"这里的一草一木，都焕发着乡村的魅力。"这是沈丽对下古公园的评价。每到周末，沈丽带着老公和孩子到下古公园来逛逛，已经成为惯例。

空闲时远离繁华都市，寻一处静谧之地悠然小憩，成为诸多都市人的选择。跟沈丽一样，越来越多的游客选择这里休闲度假，近距离感受乡村的宁静。

与江南精致的乡村空间相比，这里也许还欠些火候。没有体育赛事承办、没有大规模的宣传曝光、没有完善的文旅产业链……但下古公园保持着一份自己的个性，在视觉升级的同时，展现着山水田园的魅力，成为周边游客休闲的一方热土。

让人流连忘返的，则是一份带不走的独特体验。下古的改造升级，除了观赏功能外，又增加了玩乐功能的体验空间：在农田里摘鲜嫩的青菜，拍几片蒜瓣，让农家乐的老板清炒青菜；端一个方凳，与老太太剥毛豆唠嗑，聊人生故事；或者看母鸡下蛋，跟亲友一起动手烧烤……

近年来，游客增多，村民纷纷办起农家乐，让民房变客房，"莫笑农家腊酒浑，丰年留客足鸡豚"。大江人热情好客，淳朴善良，不管是哪儿来的客人，也会请他喝杯茶，坐下来歇歇脚。

行走在下古，处处都很美。那些人，那些路，那些景，无一不成为独特的风景，镌刻着人们对于乡村、对于美好生活的真挚期盼。

一方兴起
Chapter 06

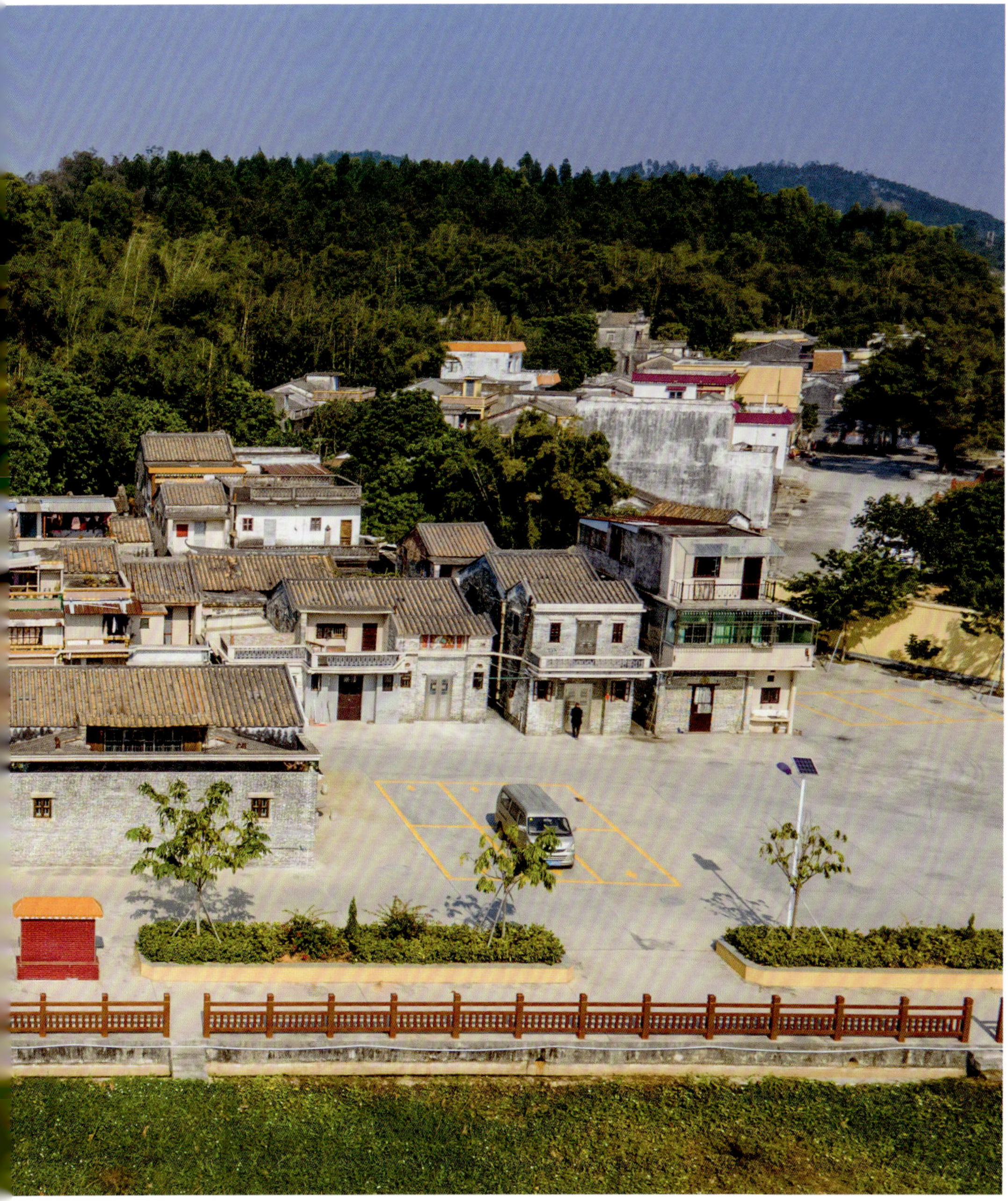

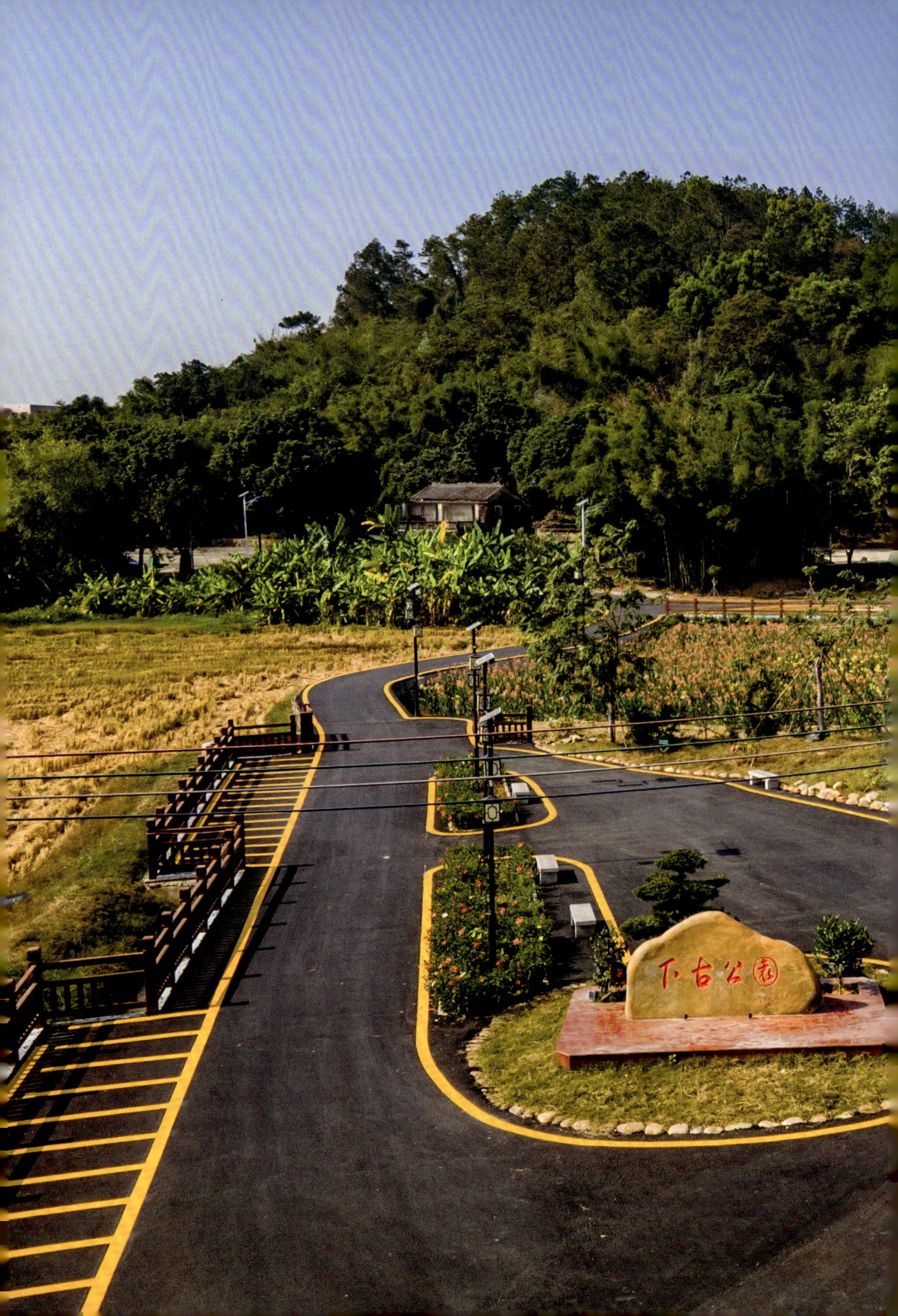
下古公园

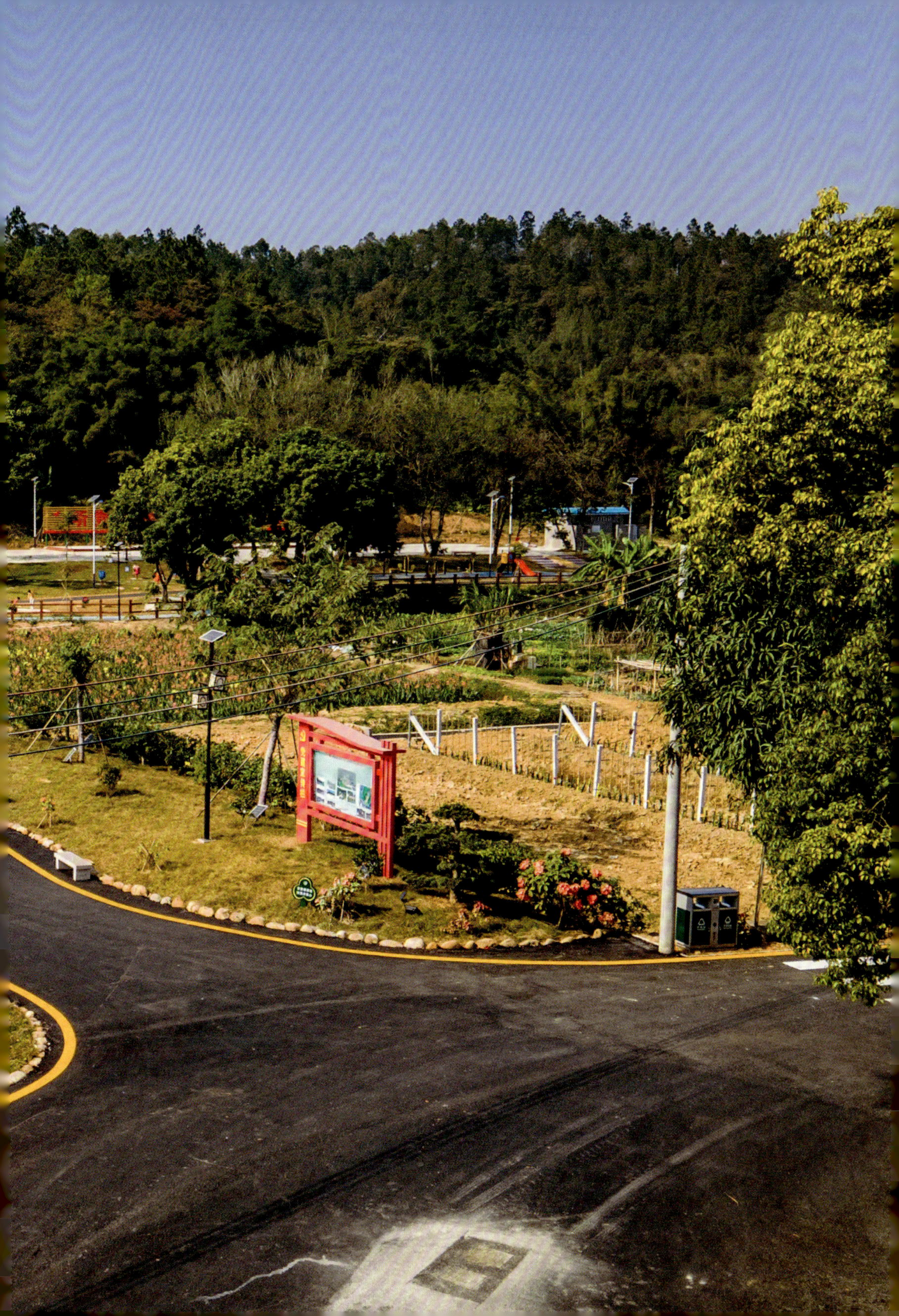

TRAVEL TIPS
游玩知多点

江山多骄国际文旅展贸城

  地处中国传统家具专业镇台山市大江镇，有着30多年历史的高端红木家具制造产业及工艺传承。走进其中，能感受中国鉴藏级红木艺术和技艺精华，欣赏琳琅满目的红木家具及其独具匠心的设计，吸引着各地红木品鉴人士及消费者的到访。

这里还规划有大型玉石古玩市场、文化村落旅游集散地、大型农特产交易市场、一体式仓储式物流中心与五星级酒店公寓商住体等大型综合体，将构筑成台山大型文化艺术旅游生态小镇。

侨小镇是大江镇集展览、销售、文旅于一体的商贸和人文旅游新坐标，在里面待上一天都看不够。侨小镇的特色产业、主题餐饮、酒店游乐、研学基地分布在各层：红木、工艺品分布在中心展馆首层及 B、C 独立展馆；特色餐饮分布在项目首层左侧前方，占据重要位置；侨水岭南东方精品酒店分布于中心展馆四层和三层部分，打造华南首个空中水上度假酒店；研学教育基地分布在中心展馆二层。

地址：台山市大江镇江新高铜线开发区8号
交通：距离新台高速的大江出口约1公里，可自驾前往
电话：0750-5438899
营业时间：周一至周日 9:00-18:30

唐城

江门市特色餐饮名店唐城，被誉为"台山超级文和友"，这间民国风情的饭店集美味和情怀于一身，从古色古香的建筑风格到餐桌上每一份特色菜品，无不展示着大江的好客之道。食客们先大快朵颐，然后购入本地特产，一气呵成，可谓"又食又拎"。

地址：台山市大江镇江新高铜线开发区10号
交通：距离新台高速的大江出口约1公里，可自驾前往
电话：0750-5433338
营业时间：周一至周日 7:00-14:00,17:00-21:00

下古公园

　　进入石桥村下古公园，一片寂静的花海映入眼帘，农田里村民们正在辛勤耕耘，所见之处构成了一幅美丽的自然生态画卷。公园内建有健身器械，滑梯，大片火龙果地，还有村民的菜地，处处绿意盎然。下古公园建成后，每日来往游客络绎不绝，或品尝网红美味"面包鸡"，或置身花海凹造型拍照，或采摘鲜果蔬菜，体验安逸休闲的田园生活。

地址：台山市大江镇江北大道石桥村
交通：距离大江镇政府约2.5公里，可自驾前往
开放时间：全天

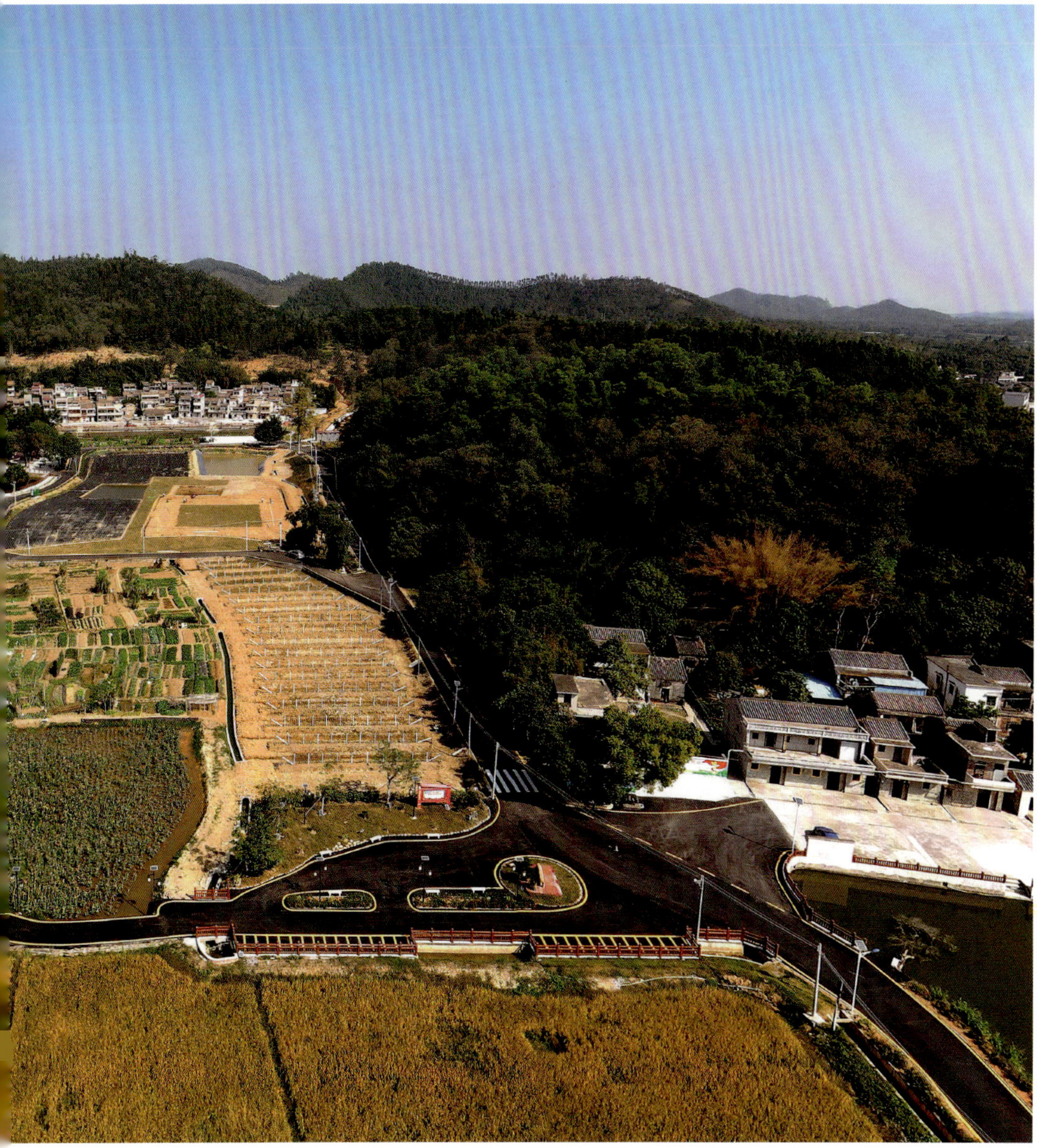

图书在版编目（CIP）数据

遇见大江 / 创想 THINK 主编 . — 南京：江苏凤凰文艺出版社，2022.5
 ISBN 978-7-5594-6682-2

Ⅰ.①遇… Ⅱ.①创… Ⅲ.①散文集－中国－当代 Ⅳ.① I267

中国版本图书馆 CIP 数据核字 (2022) 第 051386 号

遇见大江
创想 THINK 主编

出　　品	中共台山市大江镇委员会 台山市大江镇人民政府
策　　划	蔡月湖　林羡明　赵婷婷　夏婷婷
统　　筹	吴彩云　李国耀　伍雯雯
执　　笔	艺文　李亚楠　付敬东　郑格格
责任编辑	张婷
图片提供	台山市大江镇人民政府　伍炳亮黄花梨艺博馆　李国耀　龚嘉胜
出版发行	江苏凤凰文艺出版社
	南京市中央路 165 号，邮编：210009
网　　址	http://www.jswenyi.com
印　　刷	深圳市祥龙印刷有限公司
开　　本	718 毫米 ×1000 毫米　1/16
印　　张	12.5
字　　数	130 千字
版　　次	2022 年 5 月第 1 版
印　　次	2022 年 5 月第 1 次印刷
标准书号	ISBN 978-7-5594-6682-2
定　　价	58.00 元

江苏凤凰文艺版图书凡印刷、装订错误，可向出版社调换，联系电话 025-83280257